鼓山图书
Gushan Book

当你生病时，你会想起谁？

病房——著

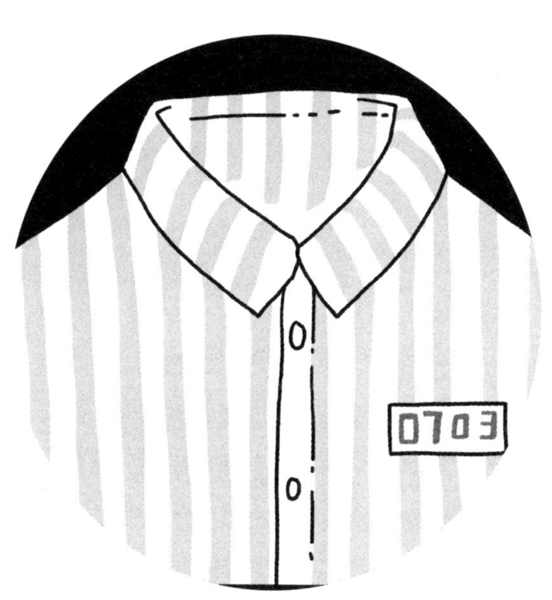

長江出版傳媒 | 长江文艺出版社

图书在版编目（CIP）数据

当你生病时，你会想起谁？ / 病房著． － 武汉：长江文艺出版社，2015.8
ISBN 978-7-5354-8249-5

I. ①当… II. ①病… III. ①短篇小说－小说集－中国－当代 IV. ① I247.7

中国版本图书馆 CIP 数据核字（2015）第 168220 号

当你生病时，你会想起谁？

病房｜**著**

选题产品策划生产机构｜鼓山伙伴图书销售（天津）有限公司　北京长江新世纪文化传媒有限公司
选题策划｜金丽红　黎　波
出 品 人｜吴志硕　周中强
产品经理｜陈立凤　高　雪
责任编辑｜赵　萌
助理编辑｜张明慧
特约编辑｜高　雪
装帧设计｜弘果文化传媒
媒体运营｜杨　帆　胡振鑫
责任印制｜张志杰
总发行｜北京长江新世纪文化传媒有限公司
电话｜010-58678881　**传真**｜010-58677346
地址｜北京市朝阳区曙光西里甲 6 号时间国际大厦 A 座 1905 室　**邮编**｜100028

出版｜长江出版传媒｜长江文艺出版社
地址｜湖北省武汉市雄楚大街 268 号湖北出版文化城 B 座 9-11 楼　**邮编**｜430070
印刷｜北京正合鼎业印刷技术有限公司
开本｜880×1230 毫米　1/32　**印张**｜8
版次｜2015 年 8 月第 1 版　**印次**｜2015 年 10 月第 5 次印刷
字数｜110 千字
定价｜36.00 元

我们承诺保护环境和负责任地使用自然资源。我们将协同我们的纸张供应商，逐步停止使用来自原始森林的纸张印刷书籍。这本书是朝这个目标迈进的重要一步。这是一本环境友好型纸张印刷的图书。我们希望广大读者都参与到环境保护的行列中来，认购环境友好型纸张印刷的图书。

目录

CONTENTS

人山人海　边走边爱

相逢如此　把酒言欢

此间有我　与你相逢

荒唐青春　你最珍贵

俗世故事　理想情人

当╱你╱生╱病╱时，你╱会╱想╱起╱谁？

人山人海
边走边爱

流浪人的桔梗爱

当你生病时，你会想起谁？

你比好天气适合我

流浪人的

桔梗爱

倘若你喜爱自由，我愿陪你浮浮沉沉在这人世间；倘若你贪恋相互依偎，我愿静静守候在你身边不离不弃；倘若你哪一天趁着阳光甚好，背包离开这座城市，我愿自己收拾好心情祝你一路顺风。

深夜12点10分，墙上的时钟嘀嘀嗒嗒走着一圈又一圈，而我的思绪也一层一层地被剖析得十分清醒。床头灯微微亮着，外面静悄悄的一点响动都没有，而我竟然再也睡不着。姜卓说今晚不回家，睡在工作室里头和他的几个朋友一起修片。姜卓是一个自由摄影师，爱好拍摄，喜欢自由，是个名副其实的“流浪人”。他曾经独自进过西藏，登过珠穆朗玛峰，踩过尼泊尔的土地，喝过酥油茶，吃过糌粑。姜卓喜欢到处漂泊，到处流浪，永远年轻，永远热泪盈眶，永远保持一颗火热似夏的心。他有着一张偶尔沧桑、时而稚气有加的脸。有时候摸着他的胡楂儿，我开始怀疑他是否真心爱过我。当然，他很用心爱我，只是爱的方式有些不同，也有些另类。

他喜欢摄影这是毋庸置疑的，喜欢拍摄所有一切他认为的美好事物。我也成为他宝贝单反下的一员。他时常让我当他的模特，所以专属模特要做一些出乎意料的事情也是在他的意料之中。认识姜卓那么久，我还学不会单反的原因可能是因为我太笨，也可能是因为他太帅我只想每天看到，而不是把心思放于那相机的肚子里头。

相恋半年的时间里，我们一起吃饭的次数总共不超过 10 次，也很少在床上做情侣之间该做的事情。反而，一切情侣之间美好的事情都成了刺激的室外互动。我常常想，原来人奔放的性格可以随着另一个人的奔放而提升进化，或许每个人都有潜在的技能，随时等着一个人来给你开启。这种感觉就好像打游戏那样，拿到升级经验就能开启一个绝招，拿到好的装备就能称霸武林似的。然而，我并没有排斥这种大胆的恋爱方式，反而深深被他吸引。有人格魅力的人，实在是让人心痒痒。

你别慌别忙，先好好和我相爱。你别紧张别激动，先好好和我接吻。你更别先独自旅行，先好好和我吃饭。

“今晚又不能回家了，宝贝一个人在家锁好门窗早点睡觉，明儿个起了给你带早餐回来。”姜卓打了一通报告电话，这是他拍片或是修片不回家的必备汇报。久而久之，竟也习惯了大半年。工作室我倒去过几次，推开门进去几张简单的沙发，一张小圆桌，还有一个小小的摄影棚和化妆台。门后面的壁橱里都是啤酒，他那几个哥们儿也都爱喝，也能喝，志同道合的人似乎都喜欢干一杯，再一杯，然后喝三杯，接着索性喝个痛快，最后大多数不醉不归……至少在我看来，这些人三杯不够。

某天同事 H 又找我诉苦，刚刚失恋的她在我身旁哭了足足一个钟头。我问她："你很爱他吗？为什么哭得如此伤心？"她答："爱，很爱很爱，觉得没有他不行。"看着她一脸认真的表情，我又想笑，又努力管理好自己的表情。不是我心眼儿坏，是她真的不值得为那男人伤心，也不用白白浪费眼泪。我听说H的男友是个赌鬼，欠了一屁股的债，有时候债主找上门来讨债，她男友没钱还债还问H借过好多次，据我所知一次都没有还钱给H。记得上个月H跑来我这里诉苦时，说是两人正在嘿咻嘿咻，债主踢开了出租屋的门，这让H仓皇而逃。我听着感觉像是旧社会那时候破门捉奸的戏码，我知她爱得深沉，可剧情让我无动于衷倒是真的。

"可是他又不是真的爱你。"我知道她肯定希望听到我安慰的话语，而我这人一向诚实，那些每次找我倾诉的人不是觉得我冷酷无情就认准我是个冷血动物。大概与姜卓在一起的大半年时间里，性格也开始变得很直硬，变得喜欢用一语道破玄机这种模式和其他我认为的陌生人交流。想来这样也好，省得占据彼此的时间浪费口舌折磨脑细胞去做些没意义的事。H似乎还不死心，一直哭哭啼啼没完没了。我想这时候只能开始洗洗澡，拖拖地，或者换个鞋出门买烟来打发她了。所幸在我预料之内，她没说两句就识趣地离开了。我想，人傻可以，再傻不为过，还傻那我只能认为是“人贱自有天收”。万幸的是人家甩了她，一半同情，一半运气。这样的伴侣有些人恐怕避而不见都来不及，自然而然消失不见在你眼前倒是一桩值得松口气的事。

昨儿个接到好朋友小羊的电话，要约我周末吃午饭，我很爽快地答应了。饭桌上聊着聊着她又说起了姜卓，这让我十分困惑。因为我不想聊他，不过还是没有逃开这颗该死的子弹。

“房子，你和姜卓最近咋样？”小羊咬着汤勺不紧不慢地问这问那。

“就那样。”

她一脸疑惑地说：“意思是还没有分手？”

我连忙给了小羊一记漂亮的无敌漂漂拳，说：“你这还是好朋友？！连我谈没谈男朋友也是最后一个知道，和男朋友处得怎么样也是最后一个知道，问出奇奇怪怪的问题的永远都是第一个！”小羊可怜兮兮地摸着小脑袋，一边给我示意抱歉的眼神，一边又故作严肃地眯起眼睛，说：“你和他真的还在交往啊？”“嗯，交往着呢。”听我这样说，小羊匪夷所思地在一边嘀咕。

下午1点22分。吃过了午饭，我们两个人打算去最爱的小咖啡馆坐着唠嗑。那天，小羊跟我说了好多话，似乎要把这一辈子的情感都吐露出来一样。我知她其实并不傻，就是整天疯疯癫癫地装糊涂，故弄玄虚罢了。她旁敲侧击地告诫我说：“我觉得吧，姜卓这人不适合做老公，当情人还是挺不错，活好有范儿。”小羊拖着下巴佯装正经。虽然小羊认为自己的后享乐主义思想是流行于当下的，而且适合这年代的人们，但每个人都有自己最适合最舒服的方式来选择生存，而我只是遵从自己内心而已。

小羊说：“我还觉着吧，姜卓这家伙当恋人实在太没安全感了，飘飘荡荡的没个准话，让人猜忌让人怀疑，到最后估计还得一拍而散。”我看小羊说得随意，倒也是真的在为我解析这道命题。不只是小羊，朋友A朋友B朋友C都这么间接地告诉过我，姜卓这人只适合做情人，不适合当老公之类的。朋友的说法我都听了，但是采纳这些建议恐怕难上加难。其实说到底和姜卓谈恋爱的人是我，我也不喜欢别人频繁插手我的私人生活，喜欢他或者离开他也只能按照我的想法来，至少我现在还是很爱他，尽管他是一个流浪者的态度。他在我的生命中路过，把我带在身边一同流浪，走过一山一地，看过一草一木，喝过一汤一茶，紧紧相拥，如你如我。当他出现在我的人生时，我怕我会迷路，胆小的心却义无反顾地牵向他温暖的大手。我是姜卓的第 11 个女朋友，当然这不是从他口中得知。每个人都会有一个自私的心理，也会有暗自窃喜却十分不安的心情。对于 11 这个数字会感觉恐慌不安，而我是他交往的女朋友中时间最久的一个，然而这倒让我会有一时的错觉以为自己很特别，以为自己是个例外。不过事情发展的逻辑常常不太会尽如人意，这似乎也成了自然界的常规原理一样。弱肉强食，适者生存。

遇见姜卓之前，我似乎从来没有认认真真地谈过一场恋爱，也没有彻彻底底地问过自己爱是什么。当然，我认真过，却从来没问过自己。对于朋友的话我还是会在意，到底姜卓是个什么样子的人，是否也有浪子回头金不换这一说法，又或者是终究有一天我们的爱情也会到此为止，那时候年少的心说不出深爱和占有是什么，只记得夜深了有想要他在身边抱着睡觉的冲动。

“宝贝，我忙完了，带夜宵给你，想吃什么？”手机屏幕亮了，收到姜卓的一条短信。我立马拿起手机回复：“宝贝，我想吃你，家里面见。”“几天不见，学坏了，回家收拾你。”姜卓微信截图给我夜宵的菜单，我总是选了一样，又想吃另一样，他都是一样不漏地给我买回家。我也总是很期待他晚上回家的日子，那样就不会觉得自己是一个人在恋爱。有时候觉得挺孤单的，回头想想又觉得很幸福，这或许就是爱情里面所谓若即若离的感受吧。当我们开始有分歧时，就意味着游荡在危险边缘。爱情也分类别，也有多多少少的差异，我们既不是异地恋，也不是同性恋，偶尔让我觉得有些迷茫倒是真的。好像是在同一座城市的异地恋一般，每天进行着随时都可能见不到面的剧情，也可能下一秒就要离开。

这种恐慌的情绪时刻存在着，好像痛并快乐着一样，好像心甘又情愿地附和着。

一周年纪念日。我提前一个月就和姜卓说："亲爱的，纪念日那天一定要空出时间来，因为很久没有一起吃饭、一起睡觉、一起看电影了。我想在纪念日可以好好和你一起有一个美好的回忆。"姜卓点点头，继而摸摸我的脑袋。终于到了那天，可是天公不作美，一直在下着雨，不过并不会影响我约会的心情。我早早地换好衣服，化完妆，在家里等着时间一到就去约好的餐厅会面。姜卓发微信来说可能会晚一会儿到，不过能见到面我就已经很满足了。我一个人收拾好就先去了餐厅。那天我穿得很漂亮，嘴唇涂了他送我的口红，他喜欢这个红色，我也喜欢。看了看手表上的时间，9 点多。姜卓迟迟未到，我打了一通电话过去，他说："抱歉抱歉，我正在外地拍摄，还没有赶上车，可能回去要到半夜里了。"突然我也没觉得这是多么奇怪的一件事，一年之中，这样的爽约我确实是碰到了无数次。所以，即便是纪念日，我还是故作镇定。

服务员问我："请问可以上菜了吗？"

我说：“可以。”

我喝了一杯红酒，吃了一份牛排，又塞下一份甜品。看着对面的餐具一尘不染，对面的食物原封不动，位子空空如也，心里却感觉十分舒坦。我想，这样的日子或许真心不是我想要的，我只想要一个简单的伴侣和一个简单的生活。生活中有惊喜、有甜蜜、有期待。而现在，一无所有。

10点30分，我起身埋单，没有回家，独自在街上游走。天空还在下着淅淅沥沥的小雨，没有想说的话，也没有哭的冲动。手机传来电量不足的声音，不知道什么时候会自动关机，也不知道到底何时会接到何人的电话或是短信。关了机，买了烟便在路边打了辆出租车。车窗外的城市依旧灯火通明，世界一点都没有改变，只是自己变了。回到家，依旧如往常，只有我一人的身影，双人床，情侣牙刷，还有床头柜旁边的老旧烟灰缸。我们在这里住了一年，飘荡了一年，他不曾改变，也不曾为谁停留，我想他本该属于自由，也钟爱自己的生活。他像一阵轻风，那我就是一场久违的大雨。我不勉强自己，也不再去羁绊任何人为我止步。第一次给姜卓写了封信，没有说太多的话语，只是很感谢这一年他的笑容和他身上熟悉的味道。只是这一年我并不感觉非常地幸福，也不觉得这是自己想要的理想生活。最简单的东西永远最难得到，到这一刻我才明白，人与人的差异不是一天两天就会改变，而我花了一年的时间也未曾看到幸福的踪迹。现在时候到了，时间也不早了，我先睡，你慢慢走，晚安。

那天晚上，我睡得很踏实，格外安心。或许什么都不期待了，才会觉得自己是最简单的、最放松的。原来，失去比拥有更踏实，是这样的心情。不会再去想要计较些什么，付出了就算自己努力过，其他的时间不能够证明那也毫无办法，只能自认倒霉。第二天醒来，房间仍然是昏昏暗暗，一点点的光亮透进来，一道细小的裂缝里顽皮的阳光使劲钻进来照在地板上。姜卓还是没有回来，手机充了电，收到姜卓的一条短信，和往常一样："抱歉，宝贝，没能及时赶回来，早点休息，晚安。"一年来，这样的短信数不胜数，都让我有错觉以为是很久之前的旧短信。我感觉到自己爆发的时候是悄无声息、安安静静的。收拾完行李，把信放在床头柜的烟灰缸旁边，留下了他送的口红和他送的戒指。

我来时，没有任何准备，我走时，也希望如此。

听人说姜卓事后发了疯似的找过我，我未出现。可能是觉得不必挽回，也不必再继续，人本该遵从自己的意愿生活，如果改变了你最原始的样子，那便不再是你自己。而我爱上你时，你是这个模样，离开的时候，你也应该是这个样子，怪只怪命运偶尔会开玩笑，真正想要的东西以为一定会得到，真正爱的人总以为他也会把自己当成一个特殊的角色，总以为自己是个例外，真的很受伤，也最容易沦陷。往后在没有姜卓的第 207 天，打开邮箱，都是他的邮件。我不舍得删除，却始终没有鼓足勇气打开。

人们都说时间是良药，我想或许是，或许并非如此。在很想念的时候，总忍不住想要知道他过得好不好，吃得饱不饱，或者睡得安心不安心。理智告诉自己，你别去想念，你别去回忆，你再去碰触一下记忆会难过倒是真的。花了大半年的时间，我终于觉得这种平静的伤反而比那些撕心裂肺分手的感情来得更折磨人，总是会隐隐作痛。这大半年的时光里，再也没有姜卓的半点消息，就好像他未曾知道我在世界的哪一个角落生活一样，我也未曾再见过他。我们就这样彻底断了联系，邮箱也不再有新的消息提示。当平静的日子终于要开始，姜卓这个名字又出现了。

朋友A告诉我说："姜卓联系了我，说是要见你一面。"当时的我五雷轰顶，觉得有点慌张，也有点措手不及，甚至有点害怕，似乎还没有做好见他的心理准备。那天晚上，我知道他有了我的手机号码，但他很小心翼翼，并没有很着急地打我电话，只是发了一条短信，新街的"海角七号"9号桌等你。自己和自己扭打了好一会儿才鼓起勇气出门，进门那刻就看到了那张熟悉的脸，没有变帅，也没有变胖，还是原来的那个姜卓。

"好久不见，坐。"他朝我挥手，笑得很自然。

我点点头，坐了下来。

"嗯，好久不见。"

他似乎没有责怪我的不辞而别，也没有说起有关于从前的半点事情。只是淡淡地看着我，问我"过得好吗？""最近在忙什么？”“还是一个人吗？”之类的问题。我基本都是以点头来回答，必要之处，就开口缓解尴尬。

他说：“你变了，变得有些陌生，有些距离。”

我还是点点头。我明白这样的自己十分讨厌，可是回头想想也真不知道该说什么，说“我挺想你”还是说“我还放不下你”，或者说“想要拥抱你”？半年之前，或许我会这样，而现在我什么都不想做，只想听听他约我出来的理由。

“对不起。”他开口道歉，我抬起头来眼看向他。他又说：“对不起，真的很抱歉。”

“嗯，别道歉了，我听得够多了，现在我挺好的，你别担心。”最不愿意听到的话，他反反复复说了很多次。这样是不是自动默认为他是真的在道歉，然后我就应该自动回答一句“其实没关系”？

姜卓说：“我知道自己当初太过于投入自己的摄影事业，也不顾家，也没有什么时间陪你去做你喜欢的事情，那天，我还没有出现在那家餐厅……”时间仿佛停止了一样，过去的画面飘荡在眼前，顿时觉得自己很委屈，很想哭，也很想逃离。

可毕竟是过去的事了，想起来会难过会心酸，但是当时没有做出任何表态的你，现在来告诉我你很抱歉，你很对不起我之类的话，也于事无补了。原本个性偏执，敢爱敢恨，但是一走了之不是我的脾气，但却是我最无能为力的选择。那天，他的确说了很多话。他说以后会好好过日子，不再继续流浪，不再这么随心所欲地生活。可现在对我说这番话，确实有点太迟了。

那天之后姜卓把自己的博客签名改成"流浪人不再流浪，桔梗爱不再永远"。

我想人都是会变的，而我们相遇的时候没有默契地配合在一起，时过境迁的我们，也最终只能走到这一步。你不再流浪，而我对你真挚的爱却早已改变，所有的意义不是因为自己坚持而坚持，其实是因为对方的不离不弃而去固执地坚守这份偏执。当你看不到希望，看不到眼前的景色与他的身影，还有什么值得你去誓死追随的决心呢？没有一个人看好我们的时候，我也不曾离开过，但是我努力维持了，而你却是一直流浪，一直流浪在远方。这颗心飘得太远，以至于我也看不到你，从而失去彼此。姜卓说我真的很固执，很任性，能够改变一点就好了。姜卓又说，希望你不要变，这样我才喜欢。相同的姜卓也是，如果卑微地为谁改变，不再遵从自己的性格生活了，那就会变得没有魅力了。只是我们相遇的时间不够好，也不够巧，在未能够为彼此负责任的时候在一起，最终还是会因为遗憾和可惜而画上一个句点。即便说好的相濡以沫，其实不如每天回家一起吃饭。

我们为荒唐的分离编了一个美丽的梦，从此，好聚好散。往后的日子里，你好了就好，你不好了也不再与我有任何关系。从前的我想与你走过绿肥红瘦，踏过秋意甚浓。现在的我希望你开心常在，要吃饱饭。你的流浪，你的眼眸，还是依旧迷人。而我的依赖，我的神情，不会再留驻于你的身上。

当　你　生　病　时　，

你　会　想　起　谁　？

当你觉得自在，当你备感温暖，好像所有的快乐都接踵而来，好像所有的幸福都在身边围绕。你，好吗？我，很好，有你会更好一些。

那天，我听了一首歌，很久很久。不知道为什么一直在循环播放，也不知道自己听了到底有多少遍，只记得那首歌的旋律是我喜欢的，歌词是我喜欢的，情景是我喜欢的，然后甚至疯狂到爱上这首歌，失眠了一整夜。那时候起，我明白了生活的乐趣，也知道了人生的路可长可长了，得一直行走在自己的旅途中，才能够变得快乐，才能够变得完整，才能够变得更加勇敢和强大。

我开始背着书包去学校，我开始拿着手提包去公司，然后我又背着双肩包去流浪。经历不是最重要的，但是经历却能重要地活在你的每一段回忆里。当时的生活并不是那么好，也没有理想中那么丰富多彩，想要什么没有什么，想吃什么不舍得买，想穿好看的裙子也只能眼巴巴地望着玻璃橱窗。说起“恋爱”二字，根本是遥不可及。一来是没时间，二来是没有资本。总觉得自己的人生目标先是工作，然后是好的工作，接着是一份稳定且好的工作。甚至都没有想过恋爱是什么，恋爱为何物。自始至终都认为，赚钱是最好的出路。

好朋友经常陪我散心，经常鼓励我：“你啊，别胡思乱想，生活总会变好的。”“唉，不知道要等到什么时候，不如找个有钱的男人嫁了算了……”“你傻了啊你，这可不像你的作风！行了，别想这些有的没的了，要找男人嫁了的时候，来找我。”好朋友就是这么开玩笑、撒泼的对象吧。不过对于我而言，心情倒是好了不少。“知道了，我这不是开个玩笑嘛。”还好有朋友诉诉苦，开导开导我，不然日子更难熬。

我总是觉得，命运不曾给过你这些，总会在哪里补偿你那些，但是我的那个补偿怎么还不来？当时家里发生了许多事情，我并没有来得及去享受大学时光就踏入了社会。当然，我也不是家里的顶梁柱，不需要分担太大的压力。可是在那个年纪，总觉得自己应该和那些同龄的孩子一样，生活在学习的氛围之中，享受父母亲的呵护与关爱，也应该活得更宽松一点，再漂亮一些才对。生活带给我的没有太多的美好，反而多出了一些烦恼，这让我非常愤怒。

久而久之，我开始为自己打抱不平，埋怨这个，苦恼那个，所以活得累，自己给自己一大堆的压力。矫情多了，发完脾气了，回头想想，还是得振作起来。既然没有人为自己撑腰，就自己给自己定个目标硬着头皮往前走。船到桥头自然直，总有我的一条路可以走。每一个痛并快乐着的故事里，总有一个人在默默帮助我，而我那会儿才开始意识到他的存在。

周末，朋友都商量着去哪里玩，刚好我又染上流行性感冒，打了点滴直接回家睡觉，病得不轻，所以才无缘那场派对。当时和别人一起合租了房子，室友也不在家，这个周末就显得特别冷清，又特别孤零零。刚钻进被窝，又觉得肚子饿，起身找吃的又没有什么食物，他就在这时打来了一通电话："你现在在哪儿？吃饭了没？身体好点没啊？"其实那会儿我才开始注意到他的存在，说实话自己有时候专心致志于一件事，就会忘记很多事。他，也是其中一件事。我说："正在找吃的，可是没找着，家里好像没有备食物。"然后他说等他一会儿，就匆忙挂断了电话。

半个小时后，他敲开了我家的门。我打开门，他带着一堆吃的，还买了感冒药。我问他："你怎么没去聚会啊？"他说："没什么意思就出来了。"我想着，那正好，我也无聊，就一起看看电影拉家常吧。他和其他朋友一样，来过我家很多次，熟门熟路地煮水，让我先吃饭待会儿吃药。这关心的劲头让我觉得有点温暖，又觉得有些别扭。我也没怎么生过病，头一次重感冒窝在家里，所以自然也没有什么人会来照顾生病的自己。他是第一个，也是第一次发现这家伙原来是这么温柔的一个人。他没有说什么，只是在一旁陪着我。我一直咳嗽，他也一直忍着没抽过一根烟。“时间不早了，你早点休息，我先回去了。”“嗯，今天谢谢你了。”

一直没有意识到他的存在已经超出了普通朋友的关系，一直以为他只是和其他朋友一样。直到后来，我谈了一个男朋友，他也只是祝福我，没有特别异样的举动。只是那段时间，我们的联系少了、交流少了、见面少了。我和男友分手的时候，我谁都没告诉，就只和他说了，他当时也没安慰我说别难过之类的话，就直接过来找我，给我带了一堆吃的，还买了感冒药。我当时就觉得这人傻不啦唧的，失恋了也吃感冒药吗？还是失恋的人都是病人，需要治疗。他总是会买很多吃的给我，总觉得每个女孩都是一个天生的吃货。有时候觉得和他待在一起非常地闷，他也不爱说话，就喜欢静静地陪伴，更多的时候觉得和他待在一起很有安全感。

当年，我没有和他在一起。那一年，我谈过一个男友，他谈过一个女友。我们都分开了，我们也不曾说过一句喜欢对方的话。很多年之后，和好多朋友该散的散，留下的始终都不曾离开过。而他，也没有打算离开，而我也不曾失去过这样一个好朋友。有时候怕在一起之后会变得特别生疏，也怕分开之后无法再继续做朋友会觉得特别可惜，迟迟未说出口的爱恋也藏在了心里面。前些年，我在博客看到他写的一篇文章，读了一段我就知道写的一定是我。因为一袋零食和一包感冒药的故事，不像是能发生在其他人身上，这种无趣的回忆估计也就和我。当时我不懂的意思，在那时候全明白了。这种琐碎而且太小的记忆，连我自己都不记得了，而且那会儿刚认识他的时候自己说过什么话都记不清了，而他，全都记得。

我看到一段话是那么写的：认识那个女孩的时候我正好感冒，她和我也不熟，我们在一个桌球室经过朋友介绍认识。当时她正好打完一局球，然后坐在我身旁，看我一直咳嗽问我是不是感冒，我就点了点头，她就立马翻了翻自己的包，找出一板感冒药塞给我，当时看着这大大咧咧的姑娘突然觉得她还挺细心的。所以在心里默默发誓，一定要和她成为好朋友。读到这里的时候，我竟然偷笑了。虽然我曾经忘记过我们初识的时候发生过这种事，但是事情确实如此，而我也是真的忽略了有过这个故事的画面。感冒药不是我准备的，而是那会儿正好给生病的室友带的，看到他感冒，也就随手给了他。没想到这个感冒药竟成了我们友谊的铺垫，而且换来一个这么好的朋友，真是值了。现在想起来，他这呆头呆脑的老好人也不多了，真的觉得捡到宝了。然后读到最后，才是让我热泪盈眶的时候。我和他并不是最好的朋友，而他一直把我当作最好的朋友。这点我很荣幸，当然也觉得非常抱歉。

他在最后写道：人山人海之中，做不了你的大英雄，希望能做一把你的大雨伞。我知道他没有华丽的语言，也找不到什么精致优雅的词来表达心里的那些话，果然最简单最实际的还是最适合他的。这些年，照顾我的人很多，帮助我的人很多，但是不求回报无私奉献在我身边陪我的朋友确实是没几个。越长大，越到最后，彼此的利益和计较就会显现得越深刻。他是一个好朋友，也是一把大雨伞。以前的我总以为没有一起吃过苦的很难成为知己，没有一起说过心里话的那根本都不算朋友，没有为彼此付出过的完全不配说好朋友。直到现在，我还是一样认为朋友不是简单意义上的认识而已，有过一些回忆，有过一些经历，故事不多，但大多深刻。

人山人海之中做不了你的大英雄，希望能够做一把你的专属大伞。从那时候起，我明白了生活的乐趣，也知道了人生的路很长很长,得一直行走在自己的旅途中,才能变得快乐，才能变得完整，才能够变得越来越勇敢和强大。我想为你挡风遮雨，愿你一生不会太艰辛。唯愿你好，护你周全。

感谢有你。

你 比 好 天 气

适 合 我

热。

可乐的气泡，沸腾的双眼，你慢慢靠近，我渐渐沉迷。那热过头的冲动，和迈向你的脚步，是爱情悄悄降临。

总觉得自己是一个任性的人，也常常怀疑自己到底是不是一个正常人。有一段时间，非常空虚寂寞，而此时此刻我一定会认为那时没有比谈恋爱更好的选择了。或许也只是想暂时熬过这一个孤单的空白期。然后下一秒，我又觉得自己真的糟糕透了，不如喝醉倒头睡一觉来得干脆。

那天的秋雨下得并不大，但是淋在身上还是感觉冷飕飕的。马路上没有带伞的行人纷纷逃进一家咖啡馆，我也不例外，在柜台点了杯热咖啡便找了个位子坐下。随手翻开桌上的书本，看窗外的雨一时半会儿停不下来，我就静下心来看那些书册。越来越多的人涌进来，起先还算安静的咖啡馆开始有了点生气，一开始人们都会挑选喜欢的桌位，而现在只要是有空的桌位就会成为抢手货。这不，对面一个高个男生迎面走来，直挺挺地站在我眼前。

“我能坐下吗？”他很有礼貌且面带微笑。我想现在不只是空桌位成了热门，只要是空着的椅子都成了人们争先恐后侵略的领地。我轻声应道：“坐吧。”这雨越下越大，人也越来越多，位子也越来越少，室内的温度突然热得让人想要脱衣服，空气中弥漫着不知名的香水味。

“我看过你手上拿的那本书，书中的主角最后……”这时对面的那个男人第二次开口说话，马上让我觉得不痛快。“打住。”我立马回了一句，“我看书的时候不喜欢别人打扰我，也不要剧透什么的。你看你的，不用理我。”说完我就觉得自己可能说话语气有点过硬，但是对于一个陌生人，我也没有义务要对他温柔，况且最烦陌生人说些有的没的了。

“嗯，那你慢慢看。”从头到尾他都很斯文，很有礼貌，这倒让我有些不好意思和不自在了。

可能是一直想着刚才自己的语气不太好，就开始有点漫不经心，眼神飘忽。时不时会看他两眼，竟然发现他也在看我这一边。立马就觉得更不好意思了，真想要挖个地洞钻进去。可我哪是那种胆小鬼，便还是壮着胆子，耍赖皮地说道：“你一直盯着我看什么，我脸上有什么奇怪东西吗？”没有等我反应过来，他站起身来，在我头发上抓了一下。

“你干吗？！” 本能的反应让我不自觉地大叫出来。乍一看还以为是变态调戏良家妇女，可能是武侠小说看多了，脑洞就特别大。

“看到你头上有个小碎片，所以我……”他马上解释，原来是刚才的那一阵雨，或许是风太大了，所以树上的叶子掉在了我的头发上。他拿下来后还给我看了看，说明他不是故意碰我，而是帮我。这一下子我就更想挖个三千尺的地洞钻进去。故作镇静，但始终没有说出谢谢两个字。

我把椅子挪了挪，换了个姿势继续看书等着雨停，心情说不出来的激动。可能一想到要挖地洞，整个人都热血沸腾起来。仔细一看，他长得可真帅气，轮廓分明的脸像个人气偶像，修长的身材让人羡慕嫉妒。立马收回视线盯着玻璃窗，外面的雨丝毫没有要停的样子，可我浑身上下都不舒服，一来是因为刚才头发上的叶子让我非常在意，二来是他到底还有没有在偷看我。心想回家第一件事就是洗一个热水澡，再喝一杯热牛奶。

不知不觉天也黑了，雨也停了。人们慢慢走出咖啡小站，我随着人群往街心走，拦了辆出租车立马回家。

回家第一件事，洗澡。拿了睡衣立马冲进浴室，热乎乎的水洒落在身体上，非常舒服，让人特别放松。耳边都是水哗哗哗的声音，我又想起咖啡店遇到的那个男人。高高的个子，白白的皮肤，黑色的头发，还有温柔的笑容，想起来会让人有很温暖，又很心疼的感觉。一直觉着他怎么这么眼熟，突然一个灵光闪过，发现他和旧情人长得很像，才意识到自己原来已经失恋很久了。我会喜欢一个人生活，是因为习惯。我会开始不愿意一个人生活，也是因为习惯了每天都有他的日子。习惯这个东西让人变得很冷淡，又让人变得十分躁动。下雨的夜里，适合怀念。不过下雨的夜里，最适合的应该是睡大觉。

第二次遇见那个男人是在朋友的生日派对上。当时他穿了一件灰色的衬衣和一条浅蓝色的牛仔裤，这样的穿着和颜色的搭配让人感到很舒服，不知不觉地盯着看了许久。直到他认出了我，才把眼神收起来。他很快就走过来跟我打了招呼，面带微笑，又让人胡思乱想了一通。

“嗨，好久不见。”

“嗨……好久不见。”我尴尬地笑了笑，“上次的事情很抱歉，那个……也谢谢。”

他又微微一笑，递给我一杯酒，又让我少喝一点，这男人的心思你猜不透的时候，最好也别去猜了。当晚我喝得微醺，庆幸的是我还能够清醒地想要回家，不幸的是我的好朋友也就是当天晚上的寿星吩咐他送我回家：“我看你喝多了，让他送你回家吧，我担心你一个女孩子又穿着裙子大晚上回去不安全。”心想着，现在穿裙子的女人大街上要多少有多少，别担心我，这座城市治安还是不错的。可是她再三吩咐我也就无可奈何地答应了。那天晚上我们大家玩得太开心，都喝得差不多醉了。而我是因为不胜酒力，没几杯就差不多晕了。反而羡慕那些喝得烂醉如泥的人，什么也不用想，好好睡一觉就什么都好了。

刚出包厢的门，乘着电梯下来，跨出门我就觉得这酒后劲开始上来，还没上车就觉得自己胃里一阵难受，摇摇晃晃的身体有想呕吐的感觉。

他扶着我说：“你还好吗？”

“没事，我自己能回去，你也回家吧。”上次已经够丢脸了，现在我真的又想要挖个三千尺地洞，怎么每次遇到他都只想要钻地洞，真的快变成鼹鼠了。不过我似乎快要站不稳了，又开始胡言乱语不知道自己说了些什么。

“我送你回去。”他把手上的外套给我披上，问我要不要喝点水，还没等我说完，“你在这里等我，不要走开，我马上回来。”看着他跑向对面的商店，我心里突然开始暖暖的，这是梦境还是现实？揉揉眼睛努力告诫自己不要产生错觉，这个男人不是我的那个他，只是一个陌生的男人而已。

可是很想赶快逃离的我，脚步却一步也没跨开来，或许心里奢望这样的温暖，也或许是眼前这个男人让人很有安全感。我站在原地等他回来，他拿着水帮我打开。我喝着水看了他一眼，看见他用满足的眼神看着我。我突然想笑，接着笑出了声，这是第一次我们轻松地面对面接触。

“你笑什么？”他看着我笑，好奇地问我。

“没什么啊……”我还是笑着说，心里太多的想法，又想欺负他，又想多看看他。

他即便不知道我在笑什么，但是也跟着我傻笑起来，真的有点过分可爱了。

“你傻吗？人家笑你也笑，我哭你也哭吗？”我看着他的眼睛喃喃自语，很想知道他下一句会接什么。

“你笑起来很好看。”听完这话我就开始愣在那里，好像对他有好感，该不会是喜欢他了吧？我开始一个人自导自演地经历了心理过程，怎么还有人比我更会调戏人啊。“你笑起来很好看”这话真的不像是他这样的人会说的，这人八成是情场高手啊。我拍拍自己脑袋，心想是遇到了高手了。

我说：“你有女朋友吗？”

他说：“没有。”

我说：“你这么关心我，是不是喜欢我？”我把全部的力气都放在了眼睛上，盯着他看了老半天。

“你喝多了，我先送你回家吧。”哎呀，他居然出乎意料地冷静。不过借着酒壮胆，我又开始耍赖皮。

我说：“我们交往看看？”

他说：“那现在是男朋友送女朋友回家的时候了。”所谓道高一尺，魔高一丈，说出来的话让我无言以对……真的很会占我便宜，这家伙有两把刷子，不是盖的。

“我知道你是开玩笑，不过我还是很期待，好了，我先送你回家。”

“嗯，我家就在附近，走走吧。”因为有点喝多了，吹会儿风走一走能够散发一些酒精，能够让人变得清醒，也让我明白这是现实不是梦。我眼中的感情是自然而然就会发生，而不是在任何准备就绪之后才慢慢燃烧。一路上，他一直扶着我，一直问我需不需要这个，需不需要那个的，活像个男朋友。只是我越来越清醒，他却越来越模糊。那天晚上我只记得他亲吻了我的额头，告诉我洗个热水澡早点睡觉。我像一个乖孩子一样，点点头关了门。靠着门，我想他一定是走了，却觉得好像已经开始在意这么一个人了。

最近的天气好得出奇，就好像我的心情一样，好得异常。他打电话过来约我去他家里聚餐，我答应了。对于不会做饭的我来说，一来很羡慕那些肚子饿了就能自己烧一桌美食的人，二来总觉得会做饭是一件很幸福又温暖的事。自从认识他之后，我就时常会胡思乱想，有时候像个傻子。我按了门铃，他出来开门。进去之后发现就我一个客人，心想大家怎么那么慢，怎么一个都还没到。

“怎么了？”他看我疑惑的表情说道。

“没事，我来得太早了吗？怎么就我一个人呢？”

“因为我只邀请了你一个人。”听到这话虽然有一些惊讶，但心里却十分高兴。

“谢谢你啊。”抱着感激的心情，我走到餐桌边，“哇!这么多菜全是你一个人做的?”他让我先坐下：“是啊，你要是肚子饿了可以先吃，还有一个汤一会儿就好。”天哪，这么完美的男人真的不多了，我眼里泛着崇拜，竟让他觉得我孩子气。最后一个汤是我最爱喝的芋头排骨汤，这应该是巧合吧，他怎么会知道我爱喝什么汤。他帮我倒了一杯果汁，帮我盛了一碗米饭，让我突然觉得他好像父亲，当然我老爹不可能那样对我，让我老爹帮我盛饭可能整个人都不会好了，明天的太阳可能要从西边升起来。

“好吃！”有我最爱的芹菜炒牛肉、鸦片鱼头、清炒莴笋……甚至连我最爱吃的炖蛋都有。我这人只要是遇到好吃的，什么形象都没有了，开始狼吞虎咽起来，好像三天三夜没有吃过东西的饿狼，全然不顾他在一边偷笑。

吃过晚饭，我想说要不我洗洗碗吧，不然多不好意思啊。他竟然也全部包揽了，我暗自庆幸。坐在沙发上看起了电视，我把这里当成自己家似的开始放松起来。他和我聊天，我看着电视，他和我说话，我看着电视傻笑，他和我继续说话，我继续看着电视边笑边吃水果。

“那个……我有话跟你说。”

“好啊，你说，我听着呢。”不过我还是继续看着电视，可能真的是神经大条，完全没发现他已经开始不对劲儿了。忽然他从后面抱住了我，我竟然没有办法挣脱。

“现在可以听我把话说完了吗？”

“那个……你要说话就说话，别这样啊……”因为没有注意到他的神情变化，一直看电视入迷的我，现在开始有点想挖地洞了……

“我喜欢你。”他开始吻我的耳，我眼睛看着对面的钟，10点15分，是不是该回家了？他开始把手伸进我的衣服里，我竟然没有办法拒绝他，脑子一片空白，就想这样和他待在一起。

他在我耳边说：“想要吗？”

我竟然不知羞耻地说：“想要。”而不是说我想要回家。那晚我们睡了，我们做了。我们从客厅做到卧室，从卧室做到浴室，从浴室到天台，从天台回到床上。我们像两个与世隔绝的人，一直都待在一起没有分开过。这几天他讲了很多故事给我听，也说了很多秘密给我听。他没有说过要替他保密，他也不曾介意任何人会知道，但是他需要一双耳朵，需要一个能够理解他的人，能够真正听懂他的心的人。

小的时候，常常觉得自己是单亲家庭出生的孩子，觉得自己特别可怜，不过老爹对我很好，哪怕是天上的月亮只要我想要他都想方设法地弄来给我。所以长大后，我会努力让自己过得开心，让身边对我好的人也快乐。现在，我觉得我活得挺好的。

他从厨房拿来一瓶酒，坐在客厅里抽烟发呆喝闷酒。我问他："请问，需要一个酒友吗？"他笑着点头，拉我坐下。他开始和我说他心里的故事。从而得知他现在一个亲人都没有，可以说一个亲人都不在世界上了。父亲因为偷情被母亲抓住，太深爱父亲的母亲一气之下，杀了丈夫和那个情妇，然后自杀。这件事我在当地的电视新闻上见过，也听长辈们说过很多不同版本的结局。那是我刚升初一的时候，在我们小城里传得沸沸扬扬。然后那个小男孩一夜之间也消失了，有人说被送出国外，也有人说被寄养在亲戚家里。我总是想，那个男孩子真的很可怜，比我还可怜。而十几年后的今天，听着男孩亲口说出这个故事，这一切的故事都发生在他身上的时候，唯一能做的就是想抱抱他，抱抱眼前这个可怜的人。

他说，他想过自杀。因为从小父母就在家里争吵不休，母亲还吞安眠药自杀过，自杀不成就被父亲软禁在家里。母亲因为吃了太多乱七八糟的药，也开始神志不清，有时候会自言自语，当时他一个人很害怕。我抱着他，他手用力地抓着我的手，总觉得我会离开一样显得毫无安全感。此时此刻感觉他像一个孩子，好像自己的玩具被人抢走，一边说一边哭着希望我去帮他拿回来。他目睹了母亲杀死自己的父亲，他亲眼看到发狂的母亲自杀，他惊慌地跑出门去求救，后来因为父母失血过多抢救无效。如果一切的一切发生在我身上，我连想都不敢想。那天晚上，他喝了很多酒，终于累到睡着了，而我，却失眠了。

不知道是什么时候开始喜欢他，可能第一次见面的时候我就对他产生了好感，可能是第二次见面的时候我就喜欢上了他，可能是想要被他保护着又想爱他。一个不曾被人温暖过的人却能给人温暖的爱，让我觉得有些受宠若惊。不是自己经历，我真的难以相信有过这样遭遇的人，竟然没有成为职业变态杀手或者精神病患者。当然，我们所有人都不是正常人，不然这个世界就不会有温暖和寒心的区别了。

认识他之后，他总是喜欢让我在他身边闹腾。不管再怎么忙，都会和我打电话发短信，不管再怎么忙，都会抽时间陪我吃吃饭看看电视窝在家里聊聊天。总之，我觉得我不能没有他了。不过，就在这个时候，他告诉我他要出国了。

我说：“能不能不要去？”

他说：“我办正事，不然我不会舍得走，相信我，等我。”

我没有一哭二闹三上吊要他留下来，也没有说要等他回来，更不要他给我什么承诺。去就去吧，如果是有更好的发展，如果是有更多的机会。遇见你就足够幸运了，不应该捆绑你阻碍你的人生，这是我爱你的方式，这是理智的决定，我不适合等待，但是我爱你。

“总觉得自己是一个任性的人，也常常怀疑自己到底是不是一个正常人。”

那天他抱着我，哭了。回头想想，其实也没什么可难过的，又不是生离死别，也不是永远不能够见面。如果要去，就去。如果不想去，谁赶你走你都不会走。只是异地恋会有多少故事，分隔两地到底会发生什么，想太多便会不开心，何不如潇洒地去，而我们还是照常地活。我安静地躺在沙发上，他跟我说了好多好多的话。我还是看着天花板发呆，他继续说着，我继续发着呆，直到他整个人俯身看着我，我才发现他原来一直都在，只是我一个人突然迷路了。我张开手臂抱住他，此时此刻相互拥抱的我们显得很无力，似乎没有什么能够让我们变回像之前那样快乐，那样自由自在。即便不是生离死别，心里却十分难过。疼得呼吸不过来，痛到想要喝一杯最烈的酒。不过人本来就是应该为了生存而奋斗，再去享受更好的生活，再去谈所谓的爱情。

我笑着告诉他说：“没事，去吧。”我摸着他的脸，抱着他：“去了那里自己照顾好自己，少抽烟，少喝酒，不要感冒，别担心我。”

他亲吻着我的额头，我的嘴唇，我的脖子，脱掉了我的裙子。手伸进我的两腿之间，我们又开始疯狂地从客厅做到卧室，从卧室到厨房，但是今晚的我们特别珍惜，特别觉得不满足。裸着身子坐在沙发上，我抱着膝盖，看着他抽烟，看着他喝酒。

“给我点一根烟吧。”他把点着的烟递给了我，第一口真的很呛，第二口还是很呛，被烟熏到了眼睛，眼泪顺着脸就这么流着。

他帮我擦干眼泪。我笑着说：“这烟真呛，不过这烟和酒一样，是好东西。”他苦笑一声，点点头想要说话。

“嘘。”我捂住了他的嘴，“宝贝，别说话，再做一次。”

他走后的一个月，给我打了四通电话，内容大致相似。之后我换了号码，我不是不想要承诺，也不是不愿意等他，我想他能够想清楚之后再来跟我谈以后。我们可以不要在一起，去接受新的，去喜欢别的，也可以爱上你所爱的。但是我更讨厌的是无止境地盲目，没有目的地前进。让我按时吃饭的人很多，问我过得好不好的人也不止你一个人，希望我穿暖一点出门的大有人在，但是能够和我相爱的人只有你，可是唯一的你都不在，所以好多话都不能说也不敢再多说一句我想你了。你要知道，每一次的问候，就像在我心上来回蹂躏一般。

在这之后，我也搬出了那个家，回到自己的住处。不久之后，因为工作需要我也离开了那座城市。这也好，换个地方改变心情，好好整理自己的人生。颠簸的这几年中，时常会想起有过这么一个人，还挺窝心。自认为是痴情又多情的种，为爱情义无反顾的时候不怕摔不怕疼，毅然离开的时候又显得那么冷酷绝情。不管别人说我太过理智也好，太过绝情也罢，而我自认为这种感觉正是因不理智不绝情而来，不喜欢没有安全感的任何事情，也最怕脆弱的承诺了，更讨厌自己什么都不能做的无奈感，还不如有缘再见，现在就断了吧。明明知道答案又要死撑，真的是最折磨人的事，所以有时候喘口气放过自己，放过彼此会更好受一些。

趁着天气甚好，买了机票回到自己的城市。不知道是不是不经意路过那家咖啡小站，还是一心想要来这里。咖啡店已经变成一家茶叶店，像被什么吸引一样，我迈进了店门。随处看看，已经变了一个模样，完全不是几年之前那个优雅又温暖，还满屋子飘着香气的咖啡店了。这里的架子上，玻璃橱窗里放满茶叶，淡淡的香气，有点刺鼻。走出店门口，下起了雨，想起多年之前的那场雨，把我和你困在这里，把你和我的缘分系在这里。

外面下着雨，现在的我不会再想着去哪里躲雨，而是想着赶紧回家洗个热水澡，然后倒一杯热牛奶。

爱，一会儿浓烈，一会儿冷淡，像你，一会儿热情如火，一会儿忽远忽近。

当／你／生／病／时，你／会／想／起／谁？

相逢如此 把酒言欢

你和你的声色犬马

一个人自圆其说

手机里的陌生人

你和你的声色犬马

一次旅行，把心里的雾霾变成阳光，把孤单的背影变成微笑，将那些不开心的，完完全全稀释在明日的，零点一分。

她出生在南方的某个小镇，她喜欢画画喜欢跳舞，她喜欢摄影喜欢他。

2007 年，她母亲病重去世，他说让她去北京投靠他，并且承诺将来会照顾她一生一世。她收拾起行囊，决定去北京找他。丢下了昨日苦笑的假面，拾起明日整装出发的脸孔，我知我不如意，你知我不安逸。陌生孤独的大都市，车水马龙的街道，灯火通明的世界，却很难找到自己的容身之处。她，这么想。

起初，他对她像自己的妹妹一样，无微不至的照顾，呵护有加的疼爱，她开始迷茫自己是爱他还是只是感恩细胞在作祟。两个人没有稳定的工作，工资又不高，过得自然是非常辛苦。每次到了交房租的时候，他和她总是大眼瞪小眼地看着彼此，为了房租为了饭钱到处恐慌，到处奔走。他开始去找兼职，每天都要忙到夜深人静时才能够回家，她总是会准备好夜宵放在饭桌上等他下班回来吃。他开始变得很暴躁，时不时就凶她。她知道他很辛苦，所以从来不会因此生气或逃离。日子过得虽苦，但总算是熬得下去，两个人每天过着忙碌的生活，渐渐地不再聊天，不再沟通，不再一起吃饭。

2009 年 10 月 23 日，他失业，开始整天在家里颓废地酗酒，无止境地抽烟，过着堕落的懒汉日子。一开始她不以为然，只觉得是因为奋斗太难，生活太辛苦才导致他现在这副狼狈模样。或许熬过了这段日子他就能够振作起来。她开始对生活抱着更大的期待去努力，每天上下班赚钱交房租，供他吃住，供生活的一切开销。刚开始，他不好意思用她的钱，后来也就习惯了这种生活。没有烟钱了就伸手向她要，没有酒钱了就伸手向她要。她觉着自己一开始无依无靠过来投靠他，这种情况下自然是自己报恩的时候，心里对他十分感激，所以并不在乎钱不钱的问题，只要能够过得下去就行。久而久之，矛盾就开始恶化。他的烟瘾越来越大，酒瘾缠身似的更加堕落。她不再无所谓地放纵他，开始有了责怪，开始有了迷茫，开始声音越来越大。她不给钱他就吼她，曾几度把房租水电费的钱拿来抽烟喝酒上网打游戏。她即便再怎么不甘心，再怎么伤心难过也无济于事。不过生活还是要继续，每个人都一样，时间不会因为你而松懈一分一秒。

有天，她说："我在网上帮你看了好几份工作，明天你去应聘吧。"他摇了摇头，说不去。过了些天，她说："你快来看，这几份工作工资待遇都不错，离我们住的地方也很近，明天我陪你一起去试试看吧，这一次一定可以成功的。"

他总是摇摇头，然后抢过她手中的鼠标，让她早点休息，自己就开始坐在电脑前打游戏。她一个人跑回房间偷偷地哭，自始至终在心里没有半点怨言，哪怕生活把她打得遍体鳞伤，还是想着一切都会变好。可是眼前堕落成性的男人让她失去控制，你愿意相信他的改变也好，不愿意相信也罢，事实就是事实，他就是变了。她去卫生间洗澡，发现自己的手变得粗糙不堪不再像从前那般细嫩白净，镜子中自己的脸也变得黯淡无光，从前的姑娘被生活打压成如此模样。瞧瞧现在自己过的日子，人不像人，鬼不像鬼，她开始厌恶，她开始愤怒，她彻底绝望了。

人的自尊心会在瞬间崩塌，你维持得再好，控制得再得体，维护得再持久，只要一个粉碎性的念头，便荡然无存。越是装作坚强，到头来越是伤得面目全非。她至今为止所感受到的是阵阵疼痛，又在疼痛中尝到甜头，以为那股甜会这样一直延续下去，万万没想到幻灭的时刻来得那么措手不及。人，就是这样，自以为的一切事物总显得太过惨白。

2010年7月，她经过同事的介绍认识了一个离异有孩子的男人。一开始以为同事开玩笑，并没有放在心上。没过多久她开始每天很晚回家，她还是每个月给他生活费，她开始打扮得花枝招展，她也开始用起了昂贵的护肤品和名牌包包。外面的议论声开始传到了他的耳朵。有天晚上他等她回家拷问："你是不是在外面有了男人？"她一口否认，说是现在升职了，工资也高了，而且老板觉得她表现不错，所以每个月都有职工奖金。但是这怎么可能让他信服呢？每个上万块的香奈儿包包，一套套价格贵得要死的护肤品，还有每个月都会给他5000块生活费，这根本就是瞎扯蛋。虽然他也是一个粗人，但在外边摸爬滚打的这几年，这些还是瞒不过他的眼睛。他把她按在墙角质问，但她死都不承认自己有了男人，而且还是个离异的老男人。当时的她或许心里只剩下了委屈，而不是愧疚。人心可悲，所谓的依靠不过如此尔尔。

9月20日，他第一次动手打了她。他大声骂道："臭婊子，你背着我都干了些什么事？别人都说我戴了绿帽子，你他妈的就是个贱人！亏我那么相信你，还替你说话！我他妈真是瞎了眼了！”她捂着发烫的脸笑着说：“我是贱人，贱到不惜出卖身体来养活你，贱到忘记了自己的初心，贱到瞎了眼一直喜欢着你，贱到不管你变得多么糟糕，我都还是想和你在一起！”说完她冲进房间锁上了门，委屈得再也说不出口，坐在地上欲哭无泪，委屈和四周的寒冷钻入内心深处直打哆嗦。第二天，她收拾好行李搬出了那个破破烂烂的出租房，打了那个老男人的电话，让男人来接她走，随便去哪里都好，只要离开这个地方就好。电话里的她，歇斯底里地喊破了嗓子一样，面目狰狞，路边的行人看见都会绕开走得很远。她一个人拿着行李，在路边蹲着抽泣。老男人从车里下来，把她送到了宾馆。她那时候觉得，爱情真的好廉价，什么感情都敌不过物质和贪婪的欲望。人的惰性一旦扩大，就什么都毁了。她知道自己已经堕落得不成样子，但是却还是很爱他，还是想和他在一起，好好地在一起，不惜一切代价都想要和他一起过好日子。然而，事实是残酷的，社会也是悲凉的。她终于还是忍不了穷苦的日子和一个堕落到放弃自己的男人。

女人的心是脆弱的，而最毒不过妇人心。他忘记了当初承诺的誓言，她也抛弃自己的初心和要与谁一起过平凡日子的念头。即便在对的时间遇见对的人，人生也不能给予你一个完美的结局。唯有自知，才能安好。

他发了疯似的到处寻找她，此时此刻的他像是沉睡已久的狮子，被恶作剧的冷水正中红心顿时醒悟。脑海里全是她的身影，而现在已是人去楼空。破旧的出租屋剩下的不过只是自己而已，所有的回忆此时此刻历历在目。而他知道，现在做什么都是徒劳，任何弥补都已经显得太迟。他打她的电话永远是“您拨打的电话已关机”。随后的日子里，他开始找工作，开始洗心革面，终于在一家外贸小公司立足。而空余的时间里，他一个人经常对着天花板喃喃自语，没有人知道他在说些什么，他在想些什么。每晚噩梦之后的挣扎，每天下班之后的孤独，没日没夜地思念故人。

2013年3月，春暖花开的季节，她已经是一家餐厅的老板娘，而他还只是一个小公司的普通职员。那一天见面正好是她餐厅开店的两周年特惠日，而他和一大堆同事聚餐，正好选择了这家餐厅。

今日的特价菜：小炒肉。

一大群人进店之后坐下，大家还在议论这么高档的餐厅特价菜居然是小炒肉。名字普通不说，材料估计也就是什么辣椒和肉炒一炒而已吧。不过既然是同事推荐，那味道自然不会差到哪里去。然而这道菜一直是她最爱吃的菜，原因不过就是当初她和他在北京的小出租房里，他经常做给她吃。因为她爱吃辣，不吃辣的他常常炒菜的时候把自己弄得呛到不行，做完菜的他通常都是泪流满面地端着盘子出来。那时候只要她想吃，他就会去菜市场买菜回家做给她吃，每每回忆起当时的日子画面就历历在目。这些熟悉的情节让他坐立不安，显然有过纠缠的主人公通常都是内心敏感、情感丰富，想象力好到一个境界。

其实在他们进餐厅后她第一眼就认出了他。思考了许久她才上前打招呼："好久不见。"他盯了她好一会儿才认出来："嗨……好久不见。"尴尬的气氛，彼此的眼神凝固在空气里无法自拔，还是服务员开口说：“老板娘，老板有事找你，在 VIP7 包厢等你。”她这才反应过来自己刚才的失态。此时此刻此地，有太多的话哽在喉咙里，想说却不能说，即便说了好像也不会有多大的意义。分开了那么久，大概各自有各自的生活，各自有各自的人生方向了吧。

“抱歉，我先失陪一下。”她优雅地离开了现场，留下了一大堆的问号给那群人，还有他。

他的同事纷纷交头接耳，有个声音跳出来问：“刚才那女人是谁？”

他摇摇头笑着说：“只是以前的一位老朋友而已。”苦涩的内心戏，表面还要装出一副毫不在意的模样，他知道这样很累，可是现状不允许自己做出其他奇怪的举动。嘴里一直念叨着“小炒肉”，时不时地自嘲，或许带点后悔和遗憾，或许看见她过得不错。或许人生需要一点不完美，才能被刻画得深刻一些，看着四周的人，看着面前的同事，看看自己，人都在忙碌着自己能力范围的事情。他拿起筷子尝了尝，尽是孤独的味道。脑海里迸出一个词：孤单美食。这可能是自己这辈子吃过最苦涩最孤独的食物了。他们一行人吃完饭便离开了餐厅，留下一桌残缺不齐的回忆。那顿饭他即便点了小炒肉，但是这段感情无法再继续点单。等她忙完出来，那伙人早已不见了踪影。她问服务员："那桌客人呢？"服务员说："老板娘，他们已经买完单走了。"她幼稚地看着玻璃窗里的自己，笑着摇头，心想都过去那么久了，还是有点忍不住想要多看看他，想问问他现在过得好不好，或者说想问问他有没有想念过她。此刻应收起倔强的笑脸，犯愁的内心止不住地嘲笑自己。想来这一切都是与他有关，往后的一切那就与他拜拜。身后传来一个声音："在想什么？"她回过头来说："没事儿，刚看见一个老朋友。"那个男人手里抱着一个孩子，孩子开口喊着："妈妈……妈……"口齿不清的孩子逗得两个人哈哈大笑。

她，一个出身平凡的女人，为了爱情不惜一切，自以为所做的事情都是为了彼此好，殊不知对方在意的并不是如此。在充满遗憾的时间里，两个再怎么对的人都不可能会好好交融，当初的后悔和曾经放弃的感情都会付之东流。每个人都有自己做选择的时候，也有权利为自己想要的生活做任何事。

不管你嫁给了谁，或者选择了谁，即便是做了什么不耻的事，在这弱肉强食的社会里都会拥有一个位置。反正总有那么一些人会受到无数人的谩骂与责备，也总有一些人表面风光，内心孤独。第一次听到她的故事的时候，颠覆了我的三观，而现在细想起来，感情也好，生活也罢，过得好是王道，而做得问心无愧则是人道。渐行渐远的人群中，你没有回头，我也不再挽留。在这不能安宁的世界里行走，一点点的保护色是必不可少的伪装品。以后的岁月里你和你的声色犬马，而我和我的一生成败各安天涯。

我在最困难的时刻遇见了你，我十分感激。而在最困难的时刻离开了你，我十分抱歉。但在这些困难重重的阻碍前，你并没有选择我，我十分难过。

你很擅长离别，而我最会假装不在意。

一 个 人

自 圆 其 说

最怕寂寞见缝插针，最怕老朋友断了联系，最怕时过境迁，最怕我不说你永远不懂的距离。时光之里山南水北，你我之间人来人往。成长若没有伤痛，记忆就不会如此深刻。相爱就牵手，告别就放生。

夜深了，总是会下意识地暗示自己该洗洗睡了，倔强的脑细胞却拼了命地不停挣扎。我最擅长的其实不是吃，也不是睡，是一个人自言自语。常常幻想自己是一个哲学家，一个艺术家，一个商人，一个小孩，一个妇女，一个病人，一个女人。每天无聊的时候开始模仿内心世界里的每一个角色，每一个故事，每一段爱恨情仇。

“叮咚！”门铃突然响起，我下意识地赶紧起来。穿好鞋子，我嘴上嘟囔着肯定是快递小哥。就在前一分钟接了一个陌生男人的电话，告诉我有个包裹，我说自己腿脚不方便麻烦让人送上门来，其实就是懒。每每不想亲自去拿快递，我就胡诌各种借口，编织一个个谎言来满足内心的小世界。“谢谢你啦。”开心地目送快递小哥，兴奋地拆开包裹，是一张我压根儿听不懂的复古音乐CD。我总是会买一些不切实际却能让自己开心许久的小玩意儿。不知道为什么，总给我一种超脱人本性的感觉。上午结束得有点匆忙，中午为了吃什么又花费了将近三个钟头的时间，这似乎成了我的世纪灾难之一。生命好似一场狂欢，本该全力以赴，而我比较适合自得其乐。

莉莉给我打了一通电话说：“我要和我那个谈了五个月的朋友结婚了！”我自然是恭喜她，当然我不觉得这是一件喜事儿。莉莉总是会炫耀自己的男友对她有多好，会送她我根本买不起的名牌包包和一线化妆品。我一来是羡慕，二来是觉得这种好日子不会持续太久。前几天，莉莉还跟我说去了澳大利亚，那里有多么多么美丽，那里简直是享受生活的国度，这些我自然是明白的。她是我的朋友，我不计较这些，但是心里也是有些烦闷，仅此而已。

次日，莉莉冲到我家里来，拉上我去婚纱店试穿婚纱。一进店门，莉莉就端着阔太太的架势，这边瞧瞧，那边看看。还拉着我兴奋地说："房子，你可知道我这次要嫁的是个富二代，还是个优雅魅力男。"一边说一边露着一张花痴脸的莉莉隐藏不住内心的狂喜。我一记白眼，便找了个位置坐下，穿着该死的高跟鞋陪着她这边走那边逛，浑身已经酸痛到筋疲力尽了。她几乎逛遍了这条街上的所有婚纱店，还是找不出一条觉得能配上自己高贵身份的结婚礼服。我想这是人生大事，当然也是要细细挑选，就随她去了。"那个谁，这衣服拿给我试一下。"莉莉终于两眼放光地盯住一件抹胸礼服，看起来很简单，裙摆上镶满了水钻，裙身都是用小碎花堆积而成，甚是雍容华贵，价格也不菲，不过对于嫁给富二代的莉莉来说，这也只是冰山一角罢了。她拉着我一个劲儿地问我好看不好看，我只好拼命点头，只怕这时候不说好，她还得继续逛下去，我可不想舍命陪君子。“好看啊，买了吧。”莉莉不假思索地从包包里掏出金卡噼里啪啦地刷，看着我都肉疼。这都够我几年的房租了，不过人与人还是有区别的，这让我意识到自己也该谈个“男朋友”了。

“房子啊，这是请柬，到时候你必须到，红包啥的这俗气事儿就免了。”看她认真的模样，我也就当真了。“我去方便下，你等我会儿。”趁着莉莉去上洗手间的空当，我就玩着手机，是她的手机。不料，按到了刚发进来的短信。这让我大跌眼镜，甚至跌碎眼镜。我开始心跳加速，有点恐慌有点吃惊。

“莉莉，我们分手吧，我不想结婚。”这一条来自亲爱的宝贝老公的短信，让我吓破了胆。莉莉回来了，见我神色紧张，我又盯着手机手足无措，她抓起我手中的手机定睛一看，也和我一样，大跌眼镜，甚至跌碎眼镜，然后从神色慌张升华到恐惧，摇摇晃晃地坐下来。我这时候发现她整个人都在发抖。这时婚纱店服务员已经打包好婚纱，正准备进行上门服务的工作，莉莉也没去阻止。这就是命，意想不到的天命。我问她："莉莉，为什么对方这么突然告知你不想结婚呢？"她沉默不语。这种场景让我想到《致命弯道》里的场景，眼看着大家要逃离困境了，最后一个都没有活下来。好像准备好了整场婚礼的她，突然从半空中掉落下来，之前的欣喜瞬间变成灭亡。我拍了拍她的肩膀说："别烦心了，有什么大不了的，咱们去喝一杯。"虽然我也知道这是天大的事，但是事到如今只能这么安慰她。

她拉着我的手，像个孩子一样无辜胆小。大白天也实在找不到什么情调好的酒馆唠嗑，就买了啤酒零嘴奔向我家。

我说："这事儿你早知道了吧？"她点点头，说："只是我以为会有转机，没想到他还是那么绝情。"第一次看着莉莉失落难过并且痛苦的表情，我心里却不是滋味儿，本来想着这家伙没受到过打击就不会长大，不过到现在又替她担心不已。我们正在经历的一切，不管好与坏，无论喜与悲，都只是刚刚开始。"男人女人都一样，绝情起来没有区别。"敲了敲她脑袋瓜子，我自个儿打开啤酒咕噜咕噜喝了起来。

她见状，一把夺过我手中的啤酒，一口气喝光。你懂月有阴晴圆缺，也知人有悲欢离合。所有的事情超出自己的范围之内，就会容易失控。时间一到，该散的散，该走的走，喝完这一杯就各自回家。“我说莉莉啊，你也别太伤心了，既然早就预想过这样的结果，还去婚纱店做什么？你这不是自寻死路嘛！”莉莉沉默不语，感觉快要死了一样。我又继续安慰她：“莉莉啊，两个人的生活小吵小闹是福气，不吵不闹通常会死得不明不白。别担心了，没准儿过几天他就会回头了。”

她还是一副扑克牌脸。我知道莉莉一开始喜欢他只是因为物质。可是在不知不觉中开始有了期待，不知不觉中开始产生了依赖。这样的情况下，我也不好继续再说话，只能继续喝着啤酒，吃着零嘴，看着电视。她在一旁继续发呆，继续装聋，继续盯着手机祈祷那个人回心转意。在我印象中莉莉是个傲慢的女人，是个懂得装扮自己肯为自己奢侈打扮的人，此时此刻感觉就像一只落魄的丑小鸭。

她只是淡淡地说了一句：“我没事……”有时候你在心

里转了一个圈还是说了一句不打紧。虽然嘴在逞强，眼泪却在投降。

“你是麻木太久，还是已经习惯自我催眠了？”

“我真的没事，你别担心我了。”莉莉一边开着啤酒，一边抽着烟，忧伤得像一个美丽的诗人。

“我知道忘记一个人太难，不过放自己一条生路吧。”

那时，我总在想，爱是一个透明的东西，而我一直在与之进行对白，却从未去那美妙的爱里面深蹚一回。那些我们爱过的爱错的就让时间随之淡化，那些我们伤过的痛过的从此与时间一笔勾销。从此以后，我不会阻拦你的万花绿丛，你也别再管我的自由沙漠。

人就是个奇异物种，消灭了那些所谓的稀有生物，又说着那些表里不一的话语，为了我们这个物种的生存所以不得不痛下杀手。爱情也是如此，牺牲别人，践踏完感情之后自己重获自由。一切的责任不是所有人都背负得起，但是总有一个人会为此付出代价。不管是对的人，还是那个错的人。骗子越来越多，傻子明显不够用了。

“别想太多，你会难过。”我记得这是我和莉莉说的最后一句话，我不记得她那个时候到底还有没有在哭，我也不知道她到底是不是真正动了心。人不就是这样吗？安慰别人的时候头头是道，自己遇上点过不去的坎立马无法自拔。道理都懂，只是情绪作祟，故事太撩人。那些义无反顾的爱，得到回应就是此生莫大的幸福。这一生，愿有人陪你享尽生活喜悦，也愿有人可以陪你颠沛流离。以前的恋爱没有手机只有书信，没有火车只好翻山越岭，唯一的期望就是能够面对面地说话拥抱彼此。而现在，什么阻碍都没有了，感情却越谈越淡，越走越窄。

我关掉电视机，喝掉桌面上的最后一罐啤酒，发现莉莉已经不见了，发现桌上的外卖单子，看着溢出的垃圾桶，我才发现自己已经一个礼拜没有出门。总是一个人幻想着一出出的闹剧，一个人的时候最爱吃、最爱喝、最爱睡。看看时钟，停留在晚上 10 点钟。电话突然响起，莉莉说：“明天来参加我的婚礼，你必须到，红包啥的这些俗事儿就免了啊！”

听着她满腔热血的豪言壮语，我又当真了。

自始至终你都明白所有人不能与你感同身受，只是在心里偶尔还会泛起一阵让人理解的热潮。总是问自己到底为何放不下，其实心里已经摇了一千次一万次头然后说了一句“我不知道”。只觉着最初那份心动是让我们无法忘记的理由。

人生不过短短数十载，做自己爱做的事，爱自己所爱，过得逍遥自在，吃饱喝足就足够了。我爱做梦，即便梦里的那些片刻温存是假象，但我的感情却是真的。我知道爱不是心中有把握必定有结果，忘了你是飞鸟而不是手中的纸鸢。青春的路上，我们会遭遇许多的困境，尽管命运开尽所有玩笑，但是最有收获的还是自己。我们念念不忘没有在一起的那个人，始终会忘怀的。你会离开，虽然很慢，但很明确。别咬着回忆，还以为什么都不会变。

有酒就喝，有梦就做，有人爱就好好爱。时光太瘦，指缝太宽，我还是想好好梦一回，潇洒走一遭。

手机里的陌生人

久久不能忘怀的不是那段感情，也无关那些人那些事。让人感动的是温存的记忆，让人难过的也是那些回忆。我想带着我的酒，四处流浪，随遇而安。你且随意，我愿干杯。

“记下一个号码，保存在手机通讯录之中。从此茫茫人海，不联系便是一场无所谓的擦肩而过，而后画个句点给明天。”

午夜时分，酒馆里坐着这个小城寂寞的灵魂。有人微醺起舞，有人醉倒在角落，而有人假装清醒，躯体却早已醉在夜里。女人的11点钟方向，坐着一个三十出头的男人，看似在等人，却神情自若地看向了她。女人的 3 点钟方向，一群醉鬼划拳买醉。女人正视的画面里，出现一个讨巧面容。他身着硬质灰衬衫显得精气神十足，端正的五官让人想要发生一夜情。回头望，喝醉的陌生男人对女人举着酒瓶喊着："喝！"女人心里默默骂了一句傻子，然后继续发呆。在这个酒馆里，似乎除了她，所有人都被酒精迷醉，听说喝多几杯透过酒杯看这个世界，所有的画面都会从朴素升华成美好。而女人不信，一直保持清醒的状态等待一个爆发的支点。吧台是圆形的设计，处于整个屋子的中心位置。四处都是环绕着吧台的散座与卡座。这个小酒馆从女人读书那会儿开始一直是一家书店，由于书店老板赌博倾家荡产之后，一转手就成了一家文艺气息浓郁的小酒馆。这酒馆里面不只有喝酒的人，更多的人只是等待一个邂逅的机会，从而摆脱身边寂寞的影子。可是人类忘了一件事，邂逅不只是一个人的事，而且这事没有想的那么简单，剩下的寂寞只能与更大的失望为邻。顺其自然的邂逅，随遇而安的缘分，这些在酒精里边都成了不可解密的事儿。

一个看似刚成年的男人坐在女人身边的位置，女人眼光看向他。他问女人：“美女，你一个人吗？”女人优雅地说：“嗯，一个人。”娇羞的面容和性感的举止想让人不注意都难，这让男子十分着迷。他紧接着说：“介不介意换个位置一起喝一杯？”女人把头转向他，近距离地说：“可是我最爱这个位置。”稚气的男人疑惑地看着女人，而女人不解风情的委婉拒绝让刚入社会的男人似懂非懂。人生除了得维护自己的立场还要为别人找台阶，真是够累的。这是女人当时唯一的想法，也是最终的决定。或许心情不好，或许，他长得丑。在女人刚工作那会儿总是喜欢来这里喝一杯，然后再微醺着独自回家。她什么都不想做，什么也不想思考，单纯地想看着色彩分明的都市人群的不单纯。女人来这里的一年时间里，陆陆续续收到了无数的名片和电话号码。这些记在手机里的号码都未曾记起过对方的脸孔。今天依旧如此，喝完这一杯就该回家，和这里说一声“晚安”，今晚就告一段落。

今晚没有发生特别有趣的事，照旧。感冒的身子懒得出去，待在家里看看书、写写字、听听音乐、追追剧。情绪高涨的时候，披个睡袍走到阳台，看着霓虹灯闪烁的城市，冷风拂面，车水马龙。女人忘却了都市里的喧嚣，有时候静静地一个人站在高处显得很孤独，寂寞不留情面，孤单也突然袭来。当女人无意识地打开手机通讯录，众多的陌生人中找不到一个能够促膝谈心的人。她过着偶尔颓废偶尔迷茫的日子，在梦里找一点现实的存在感。这时，手机屏幕亮了起来，女人收到一条来自陌生号码的短信。A：“在做什么，睡了吗？”女人：“还没。”自女人回复那条短信之后，对方就迟迟没有再发消息过来，而女人习惯性地把这陌生号码拉入黑名单。在这里，女人并没有熟悉到能对之倾诉的对象，好朋友自然也不会以这样的开头找她，系统默认为垃圾短信。时隔半个多月，又有一条来自陌生人的短信。A：“我知道你没有睡。”女人：“哦。”A：“聊聊？”女人：“不了，睡了。”当女人钻入被窝，她一如往常地把那个陌生的号码拉黑。女人讨厌来自陌生人的短信，无趣的对白会让她心生困意。最大的反感是女人不喜欢被人看穿，被看穿有多孤单，被看穿有多恐惧。女人习惯过着一个人的日子，享受一个人的孤单，如一座孤岛，如一个雪人。

女人白天忙完工作，在夜里便开始不安，甚至嫉妒能够在平安夜收到苹果的人。今晚女人还是一个人度过，没有任何异常，她这样想。出乎意料的是女人接到家里人打来的一通电话，大概内容是让女人照顾好自己，穿暖点，不要忘记吃饭和睡觉。女人总是熬夜，也特别喜欢发呆，甚至会熬一个晚上的夜没有半点收获。即便女人什么也不做，什么也不说，就呆呆地坐着，想着，放空着。女人摁掉电话后，倒头睡觉。“嘀……”手机响了，女人收到一条短信。这个月收到了三个陌生号码的短信，在女人的潜意识里一直认为这是同一个人的恶作剧。A：“平安夜快乐。”女人：“谢谢，你也快乐。”A：“你真的是一个任性的女人。”女人：“……”A：“我给你发了三次短信，你每一次都会把我拉入黑名单。”女人：“习惯。”A：“你讨厌和陌生人沟通吗？”A：“看来是，这次又把我拉黑了吗？”A：“嗯，我只想说这个城市里的某个角落里也有一个和你一样的人。”女人收到了几条短信，但是他始终没有打来电话确认女人是否将他拉入了黑名单。事实上，这次女人并没有这么做。平安夜那天，女人睡得特别香，也许是因为好玩，也许是因为觉得温暖，也许是因为寂寞作祟。

直到过年前，那个人换了无数张手机卡和女人发过不同的短信，女人已经忘了数量，印象里是很多很多。那个人也许是因为觉得压力太大,也许是因为这样的方式能让人放松。不过在女人的眼里，这种奇怪的沟通方式成为了一种独特的回忆。他终于有一天开口，约女人出去吃饭。女人竟然答应了，第一次毫无思考地回答一个陌生人说：“好。”看来对方也是吓了一跳，发了一个吃惊的表情并说：“真的吗？那明天晚上7点我来你楼下接你。”女人甚至没有因为他知道自己的住处而恐慌,反而觉得踏实。女人第一次想得如此单纯,只是纯粹地见一个“手机里的陌生人”。明天7点，不见不散。

当晚他向女人坦诚自己，说有一个特别的嗜好，就是“偷窥”。这个所谓的偷窥或许就是我们以为的变态偷窥狂，或者跟踪狂之类的疯狂人类。而实际上他是一个摄影师，喜欢拍摄星空的一名自由摄影师。家里有许多女人不知道的什么尺寸或者什么型号的高清望远镜，显然他就是靠那些来观察女人的一举一动。他说，偷窥过许多的人，从未看过一个孤单又热爱生活的人。他说：“我知道你在上班之前，会在卫生间起码待半个小时。”一个女人出门之前的妆容是必需的，而他观察细微，发现女人都不曾微笑。这还得感谢那些高科技，让他知道这个表面光鲜内心空虚的人。他还说：“你会在沙发上睡觉，一睡就是一个下午，你时常会在梦里被惊醒。”男人振振有词，似乎为自己的这些收获而感到无比自豪。女人不知道这种观察需要多少耐心与时间，总之她自己是没有那样的毅力。从头到尾女人都不觉得偷窥是多么可耻恐怖的事。看来，女人认为自己能够接受事物的底线远远大于自己的想象。

第一次他们进入了熟悉的模拟演练，女人趴在窗口四处张望，拿着手机打着字：“你看得见我吗？”男人立马回了短信过来说：“看得到，看得十分清楚，现在的你没有扎起头发。”他一直在这四周偷窥人们的一举一动，生怕被发现的心情似乎一下子让女人明白了动机。因为女人也总是那样，又说不上这种微妙的感觉。女人盯着手机屏幕好一会儿，笑了笑，心里想着，这是否就是人们常说的恋爱的感觉。他立马又发了一条短信过来说：“现在的你笑起来很好看。”女人说：“你的嗜好真的很特别。”他说：“我很庆幸你是个勇敢的人，没有把我当作是怪物或异类看待。”女人说：“其实不然。”当站在一个正常人的角度去思考这事，女人还是觉得十分离谱。如果人生本不属于清醒，那何必斤斤计较事态的常理性，按照自己的感觉走或许会更舒坦。女人想就是这种心情牵引着自己去试一试，去看一看，骨子里有一种冒险家的精神。今晚的风吹在脸上特别清凉，女人拉紧衣服，关好窗户回卧室睡觉。

第二天晚上 7 点。女人下楼，看到一个男人坐在车里向自己招手，绅士的他下车帮女人开了门。在女人的脑海里突然出现一串数据：印象 10 分，好感度 10 分，长相 8 分，身材 8 分。女人不知道他看上去是在哪个年龄阶段，而女人觉得这感觉挺好。他们吃了女人最爱的泰国菜，也喝了女人钟爱的爪哇咖啡。那天他们在车里对视了 5 秒钟，这时候不一起滚床单似乎缓解不了这种尴尬，也对不起这良辰美景。隔天，半裸着身子醒来，女人发现自己睡在陌生的床上，才突然记起昨晚疯狂的一夜。走到客厅，发现他正在准备午餐。显然北方人和南方人的区别，大白天的一个大锅，周围小盘子里都是配菜，女人想着这是准备吃火锅热身子吗？男人说："你醒了啊，刷牙洗脸准备吃吧。"然后塞给女人一条毛巾和一把牙刷，咧着嘴巴嘻嘻笑。女人想这算是在一起了，还是在一起了。盘腿坐在地毯上，开始他们的“火锅之旅”。他连忙起身走向厨房，拿出一袋速冻饺子，看来也是个吃货，似乎那个冰箱是个百宝箱。当女人说来点酱料会更好时，他又连忙起身走向厨房，从冰箱翻出一盒海鲜酱。他俩大口大口地吃着锅里的，看着碗里的，时不时从盘子里夹菜放入热气腾腾的锅内。女人第一次和陌生人吃饭吃得这么香，也觉得特别温暖，这真是个走心的男人，女人想。刷锅洗碗没有女人的份，收拾残局的也是他，洗衣服晒衣服的也是他。他背上有一个大大的刺青，在他勤劳忙活时汗水渗透白衬衣隐约看到一个类似一棵树的刺青，说实话很美。不知道有一段什么故事，而女人从未问过，他也不曾说起。

当他们决定为自己的工作换城市的时候，他们都祝愿彼此越来越好，越活越美。这期间的他们都是单身，而他们却没有在一起。不是因为没有心动、没有回忆、没有挽留，而是他们未曾分开过，也并没有非要在一起。女人回到了南方，而他留在北方。一南一北，他们时常在手机里发着深情暧昧的短信，他在手机里吻着女人，拥抱着女人，说着甜言蜜语。女人在手机里回应着喘息，展示着诱惑。当他们被现实的洪流一次次冲击时，女人把他拉入了黑名单。这是第几次，女人已经记不清了。他也已经习惯了，而女人一直没有换过号码，一年中有收到过几条陌生人发来的短信，但女人知道那并不是他。自那以后，女人也喜欢上了“偷窥”。虽然女人没有高清望远镜，也不曾耐心地把眼光停留在谁身上，但是女人喜欢看着一件事一个人时，便心生偷窥，试图去看光他，试图去懂他，然而一切并不是那么容易。

人心像一个无底洞，根本看不完所有的故事，也看不透所有的情节。当你越看越近，似乎就意味着越陷越深，所以陷得很深，也爱得很累。手机里的情人，不必多，一个就够。只要对方能够在你一个人孤单寂寞的时候带来些许安慰，好的结局或许就是在一起留下更多记忆，坏的结局，或许不会再有。可能只是徒增烦恼，而多数人选择了前者，爱冒险的人从来不会放弃一个让自己满足欲望的支点，女人便是如此。

你多遥远，我多想念。身边的美好稍纵即逝，即便如此该珍惜的人和事要记心里，不该缅怀的旧时光也要忘怀。不困任何人，绝对不委屈自己。不惧时光，只怕人变了心情又淡了回忆。年轻的心，随心而走。闲看花开，静待花落。

当／你／生／病／时，你／会／想／起／谁？

此 间 有 我

与 你 相 逢

不曾问候也没有道别

胡同口的味道

其实，我们都一样

Find you

不曾问候 也没有道别

人们都在寻找着快乐，找着找着却忘记了自己最初想要的东西。现在的人，在车水马龙中是孤独的漫步者，在灯红酒绿中都变成了特立独行的甲乙丙丁。现在的你，在远方默默等待，还是在夜里偷偷想念。

每次转换新角色时，都像披着重重的外壳，无法逃脱也不能逃离。当我离开这座城市，当我踏入另一座城市，游走在街上，穿梭在人群。不经意间四处张望，那些背着书包不停挪推着眼镜的学生，拎着黑色公文包一脸严肃的上班族，蹬着高跟鞋缓缓走着的 Office Lady（白领丽人），还有一个内心空洞的我。

早已经习惯一个人逛超市，久而久之也爱上了这种孤独的乐趣。喜欢美食又嗜睡的我像一只猪一样生活着。除了比猪多了一点对生活的向往，似乎再也找不到其他的不同点。推着购物车，我能一个人在超市里来来回回走上一个多小时。天生爱幻想的我似乎对每一样商品都充满着期待，不是我爱幻想，或许只是孤单，拿着简洁的居家拖鞋，我会想象早晨起床穿着它去拉开窗帘，坐在窗台缓缓点上一根烟，看看这都市的熙攘与繁华。买一套漂亮的餐具，或许一年到头用不到三次，却始终觉得自己能够烧出一桌子的好菜，用自己最喜欢的碟子盛起来，就算一个人吃饭也会觉得幸福。酒量差得可以的我，也会买高脚红酒杯，回家的时候可能只是倒一杯牛奶喝喝而已。

每到一个地方，似乎都会留下许多的印记，每爱上一个人，都会经历许多的第一次。这座陌生的城市里，没有家人，没有朋友，没有伴侣。我给自己买了一只猫，它吃得比我多，睡得比我久，又懒。我以为所有的猫都是高冷傲娇的模样，而它却如此颠覆逻辑。所以，我也没打算给它取一个多么迷人动听的名字，它叫“肘子”。

晚上睡觉时，“肘子”会爬到床上来，靠在我手臂上，然后看我好一会儿，那时候它眼里的温柔似乎在传递某种信息。当我开口喊它“肘子”时，它眼神突变，犀利地望着我，钻到被窝的两个前爪不停蹭着我的肚子。当时我觉得又好笑又好气，还总是傻子般地期待它在某一天能够开口和我说话，告诉我它是某个星球来的奇异生物，带我去它的世界参观，这是我的幻想病。

好多个清晨都是被“肘子”的活泼吵醒，明明做着美梦，却在梦里遭受了耻辱一般被迫清醒，追着它想揍它，但它跑得比我快。胖胖的身体只有在这个时候才会变得特别敏捷，至少目前为止是这样。快要冬天了，该给“肘子”买过冬的衣服了。带着它出去挑衣服，它总是很有脾气很有主见，气场大到随心所欲起来。摸到哪个就是哪个，你不给它买它还赖着不走。“好好好，给你买就是，在外给我点面子成不，老这样没法好好在一起生活了。”“肘子”喜欢在我洗澡上厕所的时候蹲在门口,像一个士兵一样,又像一个大色鬼一样,更像一只猪。看,叫它肥仔肘子时,眼神分分钟能够秒杀人,但是它却习惯了这么久。所以,一开始不乐意的事情,久而久之因为相处愉快变成一种动力抑或是乐趣就会觉得无所谓,反倒喜欢,反而爱上。

“肘子”和我可谓相依为命,我常给它洗澡,它却不曾看过我洗澡。有时候它会觉得心里不平衡,好几次在我忘记关浴室门的时候偷偷潜入,又在我发现之时迅速逃离案发现场。它就是那么色,那么胖,可是逃命时却跑得很快。白天休息无聊的时候,喜欢躺在沙发上发呆,“肘子”会一整个身体趴在我胸口,然后眯着眼睛开始无止境地打盹,对了,偶尔还会放个屁找点存在感。慢慢地爱上了这只猪一样的猫,胖乎乎的傻得可爱。

盯着电脑屏幕,突然哭了起来,“肘子”看到了会神情慌张,会慢悠悠地靠近你,然后坐在旁边,用一种看不懂却陪着你的姿态端坐着。有时候我在想,它会不会懂,我对着它说了那么多的秘密,倾诉了那么多的心事,它能够明白吗?不过它会替我保密，这是事实。其实不过是看了一场感人的电影，它会表现得世界末日来临一般，倒也觉得稀奇。

“肘子”和我都有一个嗜好，喜欢“偷窥”。我们住得很高很高，曾经它差一点跌入窗外翘辫子，记得那天骂了它一个晚上，揪着它的小耳朵把它祖宗十八代都轮了一遍。担心它会不小心死掉，就把那个没有防盗窗的窗户封了起来，从此再也没有打开过。我们住的对面是一个很和谐的小区，吃过晚饭的“肘子”和我喜欢在阳台看着对面。然后说说这个城市的人们，谈谈这个世界的梦想，矫情而深远，疯狂又自嘲。

“肘子”好像很喜欢对面一伙玩音乐的家伙，每天吃过晚饭后8点多，这群所谓的音乐人开始摆弄自己熟悉的乐器。有弹吉他的成熟大叔，有玩架子鼓的年轻小伙，也有唱情歌的陌生人。我问“肘子”：“你听得懂吗？”“肘子”常常喵呜喵呜地叫着瞎点头，然后又喵呜喵呜卖萌冲你傻笑舔舔前爪子。我喜欢12点方向的一对老人，平时要是没事儿，两个人会窝在沙发上看电视，老太太总会给老爷爷倒上一杯茶，然后慢悠悠地回到沙发上和老伴说着话。我和“肘子”两个人都学会配音了，我说：“老伴儿今天的电视可真好看。”“肘子”总是神经兮兮地用它水汪汪的大眼睛盯我老半天，憋出一个屁。气得我总是追着它打，它也总是跑得特别快，有时候以为它要不见了，却躲在被窝里打呼噜。想到“肘子”如果哪一天离开了我就会觉得很难过，很难过。

“肘子”喜欢吃喜欢睡，又慢热，可能和我是同一种属性配置。我们生气的时候总是不理对方，习惯冷战。10 分钟后，它偷偷看我一眼，我就知道它要装深沉了，然后一个不小心高冷的我哈哈大笑，顿时觉得自己弱爆了。没有一次赢过它，总是我先抓狂，我先疯掉。突然觉得人生有了奋斗的意义，和一只叫“肘子”猫的成长历程。我们喜欢看别人幸福快乐的样子，我们喜欢窝在沙发里吃零食看电影。

“不曾与那些陌生人问候，离开的时候也没有任何道别。”

我爱上了一个人的生活，也爱上了和一只猫在一起的快乐时光。它懂不懂我真的是没所谓，只要陪在身边看我发牢骚，听我唱着自创的无字歌就觉着挺好。它还会眯着眼睛喵呜喵呜给我些许欢呼声，当然基本上都是它的呼噜声。要是我今天不开心了难过了，它会使用撒手锏逗我，逼我狂暴后追着它，没几分钟后，若无其事地开始犯困，两只“猪”开始进入梦乡。我自认为我的睡相足以把敌人逼退到十米之外，没有想到“肘子”的猫相却略胜一筹。我总是觉得自己再也没有颜面去见江东父老时，它又会开始玩玩具展现它弱智的一面，聪明得一塌糊涂，真的很会给人台阶下。它很喜欢隔壁的小女孩，出门遇见的话“肘子”总是会笑眯眯地看着那个扎辫子的小女孩，每次不好意思打招呼都要蹭着我意思要我抱着它过去。这个装得有点好，又学到一招把妹心得。楼下公园的老人家，特别喜欢“肘子”，它总是给人们带来欢乐，也总是不顾形象地卖蠢，走哪儿蠢哪儿，随心所欲，且蠢且珍惜。

这星期要去出差，无法带着“肘子”一起走，只能寄养在小区门口的宠物中心。千叮咛万嘱咐还要了管理员的手机号码我这才放心离开，一路上还是很放不下“肘子”，第一次离开家会不会吃得不习惯，总是麻烦负责人拍个照片给我看。一开始管理员不太理解我，觉得一只宠物没什么好担心的，会习惯的。可能每天我都会发给他我的照片，让他给我家“肘子”看我在做什么，他才会觉得我把“肘子”当宝贝。其实在一起久了，都会有感情的，尤其遇到我们这种中国十大杰出矫情搭档，不整点事儿出来就没完没了。而且我们没有分开过，第一次要离开这么久它一定会不习惯。平时睡觉，我挪下身子它都会以为我要携款逃跑丢下它似的。一个礼拜终于熬过去了，看到“肘子”的时候明显瘦了一圈。回到家我问它：“管理员没有给你饭吃？”“肘子”委屈地点点头，然后我带它撮了顿好的，几天之后肉都长回来了。

人除了生活，还会遇到爱情。

而宠物遇到主人，除了陪伴没有其他。我们一如既往地看着对面的人们温柔的表情，还有充满梦想的热血少年，都会觉得很幸福。虽然不曾参与温暖，却能擦热我们的心窝。直到有天，看到对面的夫妻吵了架，“肘子”看着将来会成为四大天王的组合成员摔吉他夺门而出，变得非常失落。我们晚饭后最爱的事情就是“偷窥”，看到的都是快乐的画面，未曾想象到有残缺感的一幕。自那之后，我和“肘子”再也没有去阳台看过他们。人们太脆弱，我和“肘子”更易碎，需轻拿轻放。

我问“肘子”：

“如果哪一天我走了你会想我吗？”

“如果哪一天我们分开了你会不会哭？”

“如果哪一天我有了新的猪你会不会觉得难过呢？”

它永远都是喵呜喵呜点头，而我也希望它这样。

一个人的懦弱或许不会表现给其他人看，一个人的另一面也不见得谁都可以发现，但是无条件让你真正放下面具的，也就只有天天在你身边陪着的他。那个他或许是像“肘子”一样的猫咪，也会像忠犬八公那样又傻又痴又让人心疼的，也可能是你不知道却十分在乎你的人。我们都曾被人深深疼爱过，也曾深刻地爱上其他人，不愿放弃的是因为不甘心，而愿意放手也是放过自己追求新生活的开始。我和“肘子”没有多大的抱负，我只想给它一个舒适的家，可以让它肆无忌惮犯蠢卖萌，能够每天吃饱睡够，还可以在晚上看看电视，撸撸串儿，喝着啤酒吹吹幸福的生活。

幸福快乐不可能会永久，但是美好的想念和微笑时最美的样子会记在心里面。我给“肘子”写了一封信，或许我还是幻想着它和其他的猫不同，它可能是某个星球的王者，然后到地球来拯救我这个愚蠢的人类。周末晚上，我说：“‘肘子’你先睡，今晚我断后。”肘子点点头，胖乎乎的身体爬到了床上，以人类一般的姿势睡在了我的被窝里。露出一只眼睛，跟我卖着萌，什么？五块钱一斤？不买。高冷的我只是瞟了它一眼，随手打开笔记本。不到几分钟，传来可怕的无字歌……

Dear“肘子”：

当你看到这封信的时候，或许我可能不在这个星球上了，但是我还是想要给你写这封信，等12点一过就是我们222天的纪念日了。明天我带你去吃大餐，给你买新玩具。你刚来家里的时候，还特小只特小只的，现在都长那么肥了，“肘子”这个名字真的很适合你，油腻腻胖墩墩的感觉。不管你喜欢不喜欢，反正我是很喜欢。你常常跟我抱怨，一只猫为什么要取个“肘子”这么油腻腻的名字，也喜欢偷喝我的牛奶，我都是太宠你才装没看到，以后真的不能再多喝一点，卖萌也不给。为了你的身体着想，打算以后每天陪你多运动半小时，带你出去逛公园看你最爱看的美女小萝莉。虽然不知道你的品位，反正是个女的，你就整个人充满了直男气息，让我好生羡慕。你虽然不像《爱丽丝梦游仙境》里的柴郡猫一样会叫“路易斯”，但是你就是你，是不一样的猫火，比其他猫在我心里重五斤左右。你总是不喜欢刷牙，但是你长大了，学会亲亲了就必须要坚持刷牙保持口腔内的空气小清新。我们俩最大的毛病就是懒癌晚期，都不爱运动，最后导致我给你按摩，你给我踩腿来互相延长彼此的寿命。还记得有一次看见你都快哭了，而我恰巧为你按摩着脑袋瓜，我以为你的猫督二脉打开通灵性了，不料是因为身体不适，第二天你就生病了。本来就不太会照顾自己的我都开始为你操心操肺了，你要再多几个肾的话真的你还是卷铺盖走吧，我会想你的。刚接你来家里的时候，你一点都不怕生的性格让我觉得你太好养了，谁知道以后的以后，放屁成性，且味道品质各异。

因为你，我的嗅觉也是真的变得极其敏锐。如果哪一天你和我还能见面，请带我去你的星球玩一玩，很想看看你出生的地方，还有你爱放屁的根本原因。

亲爱的“肘子”，第一次这么喊你，你肯定不习惯，如果你收到了我的信，你要记得给我回信。

“喵呜。”

……

你的笨主人

一觉睡醒之后，猫和阳光都在，只是缺一份自动送到床前的早餐。这时我和猫面面相觑，总是用鄙视的眼神看着对方为什么没有超能力，然后打个哈欠翻个身又开始噩梦之旅。

胡　同　口　的　味　道

那段日子里，总有一股香喷喷的味道。
在我的记忆里，你是一个如微风般温柔的人，在我记忆里，你是一个如夜空般安静的人。

老阿婆，手推车，葱花饼。

每次经过那个胡同口，4 点左右一个头发花白的老阿婆都会在那儿准时卖葱花饼。那饼看起来不咋样，吃起来却是如此香脆美味。我这人也不挑食，而且价廉物美的东西更是让我两眼放光。一个葱花饼那会儿卖 1 元钱一个，脆脆的外壳，里面软软的带点咸味儿的葱花和肉末，表皮还有芝麻粒儿，我一般都是买两个。

老阿婆看上去收拾得非常干净，手艺真是不错，住在这胡同里边的人没有人不认识她，慕名而来的人更是不少，慢慢生意也就好起来了。我总是买了葱花饼后，坐在旁边的石凳上吃，久而久之老阿婆和我就熟络了起来。我们平时还会有说有笑地聊聊天，讲讲自己的事情。我这个人从小就很爱听故事，也喜欢别人跟我分享自己的经历，觉得特别满足。听老阿婆说她以前是下乡知青，谁料老伴走得早，那时候也没能有什么保障，一个人嫁到外地，无儿无女的她就琢磨着做点什么糊口。这上海老太平时也喜欢做菜做小糕点，所以就开始做起了葱花饼的小买卖。说起上海，我就特别亲切，因为我奶奶也是地地道道的上海人，更巧的是也从上海嫁到了这边，这让我一下子就感觉特别有缘，也备感亲切。

之后我带着奶奶来老阿婆这吃葱花饼，还跟她说老阿婆是她同乡，老人家们一下子就聊开了。

“你是上海哪里的？”“你怎么来到这里的？”“你以后

多来找我们唠唠家常，这里有好多上海人。”就这样，她们开始亲密到比我熟悉，这让我有点吃醋。奶奶的家人几乎全部都走断了，好多亲戚也失去了联系，遇到个自己故乡的人就格外亲切，有空的时候还拉老阿婆来家里吃饭，老阿婆偶尔还会来家里看看电视剪剪小纸花。

俗话说入乡随俗，老阿婆被奶奶有空了就带来家里，老人家们都会凑在一起念佛、念经，还有就是拜拜。从幼儿园开始，天还没大亮，家里就会来好多老奶奶，围着大圆桌一起念念叨叨的。后来奶奶年纪也慢慢大了，就隔三岔五自个儿在家念，剪剪小纸花贴在佛经的纸片上。现在她在教老阿婆念“四芯佛”还有九人十八姓这类的，偶尔一些老太太凑一起在庭院里你一句我一句的。虽然我不喜欢，不过老人家也没有什么特别的爱好，这也算是一种充实生活的方法。

那个胡同口的香味仍然每天都能闻到，那个有点驼背的老阿婆还是每天都能看见。每次回家打招呼是我们必不可少的问候，渐渐我也离开了家，去了外面工作，但是每每想起奶奶和老阿婆能一起有个伴说说心里话我就踏实多了。爷爷不怎么爱讲话，奶奶又总是闲不住，老阿婆也没有家人，两个人应该会成为好姐妹，时常打发无趣的时光，一起做个伴有个依靠。

次年，我回家过年，带了点礼物给老人家们。买了奶奶最爱吃的栗子饼，不过她患有糖尿病，并不能吃太多，但是每年还是会让她放肆那么几次；给爷爷带了一个挠痒痒的木制杆，他以前背痒了总是我给挠，我现在出去了有了这个就方便多了；给老爸带了条他最爱的烟，虽然吸烟有害健康，但我会告诫他少抽点，即便不听，但还是想尽点心意；我也给老阿婆带了一件蓝色的外衣，很简单的款式，去老年服装店专门挑了好久。以前看她总是穿着那件蓝色的衣服，坏了也是修修补补的，到处都是补丁。这次想给她买件新衣裳儿让她乐呵一下。下火车的时候已经快晚上 7 点了，家里人知道我今晚回家，老爹也到车站早早等我。到家了之后，发现饭桌上的菜大家都没吃过，一大家子就等着我回去。当然，老阿婆也在，我看见她特别开心，上去抱了抱她。老阿婆嘴里念叨着："孩子长大了，长大了，又长高了一点了。"老阿婆也老了，说起话来也特别温和。饭桌上奶奶老夹菜给我，家里两个男丁就自顾自吃着，说着不着边的话儿。奶奶和老阿婆一个劲儿地问我在外面过得好不好，怎么样，今年还出去吗之类的。显然，男人和女人的差别还是显而易见的。

吃过饭后，我打开行李箱准备一个个地派发礼物。

那天晚上最激动的就是老阿婆，因为当一个人根本没有对此有任何奢望的时候，你给她一丝温暖会让她感激不尽或者感激涕零。我曾经也有过这种感受，所以我想那一刻我能够读懂她。虽然我和老爹近几年的关系变得很僵，但是还能凑合着说上几句。爷爷还是老样子，答非所问，偶尔假装漠不关心，然后又偷偷问奶奶我们聊了什么啊，这孩子在外面吃苦头没，有没有照顾好自己。每次奶奶和我说，我都想掉泪。听奶奶说，老阿婆的身体慢慢变得很差，也不常去胡同口做小买卖了，身体吃不消了。我劝她好几次让她在家里养着，她也不听，非要去。这不，前几天下大雨又去了，结果淋感冒了，发烧了好些天，今天还是硬撑着的。听到这里，难免有些辛酸。一个老人家年轻时候失去了老伴，也没有孩子，一直守着自己对爱人的那片真心，或许我不能够理解那样的感情，但是我很尊敬。一个人一辈子爱一个人很难，但是一辈子心里面都会藏着那么一个念念不忘的人。

再过些年，回来这里，胡同口早已变了模样。原来胡同口两边茂盛的树木现在都扩成了大马路，胡同里矮旧的房子全都变成了小高层。原先只要天气好了，大家伙都会聚在胡同口唠嗑儿，现在都升级到每家每户各做各事，也难得看到一些人围在一起你一句我一句。人会变，世道会变，连城市都会有翻天覆地的突变。今天的你在这座城市还能看江水，还能欣赏江上的小舟。明天的你再来这里，或许江已填平，小舟已去，人去楼空，心已苍老。

2011 年 1 月 9 日，老阿婆过世。

她卖了一辈子的葱花饼，一个朴素的老人家，和我们一起生活了近 6 年。奶奶把她当作亲姐姐看待，家里人为她安排了后事。去世当天我没能赶回来，这件事压在心里也好多年，一直觉得很遗憾。

以前的老胡同变成繁华的都市大楼，以前胡同口卖葱花饼的老阿婆身影全无，替代她的是门面堂皇的商业街，每当路过总是感慨万千。曾经在这大树下散发出十里飘香的葱花饼味，过去在这里总有一个勤劳忙活的身影，都已随着岁月沉淀在过去的记忆里。

时间会在你毫不留意的时候悄悄改变许多事，你终究失去的，你总该拥有的，或者原本就不该属于你的，我知唯有珍惜那一刻才不会觉得遗憾。她在我长长的生命里或许只是一个过客，然而我们一家在她人生的最后一幕留下了深刻的记忆。那条胡同不复存在，这段故事依旧深刻于心。

珍惜，自是你我开始的缘分；珍惜，也是难以把握的时光。愿时光的脚步走得慢一些，愿我们在岁月静好的日子里慢慢感受旧时光的回忆和如今的每分每秒。如微风一样的笑靥坠入夜晚的星空里，如你深情望着我，告诉我远方家的方向。

其实，我们都一样

世界之大，遇见就是美好。

其实我们都一样，一样被爱，一样爱着他人，也一样地睡觉、吃饭、看电影，做着一切自然而然的事情。而我们却又不一样，不一样地爱着不同的人，不一样地睡着，吃不一样的饭菜，看不一样的电影画面。

当时我才 7 岁，坐在爷爷腿上，他跟我讲着革命故事，而我总是嘻嘻哈哈地笑着，听不懂也觉得这故事是极好的，好像能够明白他跌宕起伏的心情，也喜欢看爷爷边说边笑的表情。不知道过了多久，我们一样享受着童年，也被童年深深伤害，痛并快乐地长大成人。远离自己的家乡，每逢春节排着长长的队伍买票回家，那时候觉得很满足，却又感觉疲惫。当我们以为节日能够拉近彼此的距离时，你又对现实产生了怀疑。

我的家族不算大，规矩却很多。从父亲开始，似乎一切都开始摇摇欲坠，被他颠覆了个底朝天。所以，从我这一代开始，并没有太多的家族规矩，这让我感觉很庆幸。我们都一样有一个家庭，也会有一场爱情，同时还会衍生出一段段友情，来填满我们的生活，审核我们的人生。白天，我们都是工作族；晚上，我们也是一群失眠的人。有着一样的孤单的人往往能够走在一起，却无法走到最后。风大的时候，总以为是灰尘迷了眼睛，其实不过就是自己内心深处最无助的哭声。每当下雨天，总是期待会有人来接，而结局往往是冲入雨中，打的归家。没有温暖的城市里，你最希望有一个懂你的人相伴，人生教会我们免费的午餐不多，真正的朋友更是难寻。久而久之，我们便开始独处，喜欢蜗居，并且爱上虚拟世界的一切假象麻痹自己，像被抓进牢笼的鸟儿等待被放逐天际的那一天。

有一天夜里有人跟我说爱上一个大叔，因为距离因为年龄，所以无法在一起。其实我们都明白，却在死撑，还在侥幸地盼着奇迹发生。这时候我们也都一样感伤，一样难过，一样怨天尤人。

有一年冬天，我们集体远足。这是我第一次走那么多公里的路，就是爬个山，锻炼锻炼。听上去似乎有很多的乏味点，我却显得格外兴奋。不是因为爱运动，我这人生性懒洋洋，只是觉得人多热闹，而我正需要这种正能量恢复自己，能达到痊愈的效果。有时候吃一顿饭，不是因为肚子饿了，而是吃饭的对象是喜欢的人。有时候你熬夜不睡觉，哪怕困成狗，心爱的人还未睡，还在与你聊天，你就不敢放下手机，也不愿意一个人先去睡，至少要听到一个晚安才会心甘情愿睡去。这就是我们的共同点，一样享受幸福，一样被幸福虐待。

又是一年冬季，还没有买到喜欢的围巾和毛衣，还不舍得过这个冬天，也还没有爱上谁。一直穿着裙子，穿着高跟鞋，迟迟没有进入状态。轻微的强迫症，总是让自己吃点小苦头，却得到了内心深处另一个对自我的认可，也是满足。听说这个冬天会下雪，今年特别希望有个人和我一起看雪，一起躲在有暖气的屋子里，看着窗外的白色世界。一样的画面，一样的温暖，一样一样的。

懒

有时候觉得懒也是一种生活。不爱泡吧，不爱派对，不爱逛街。然后用那些省下来的钱买自己喜欢的书，买自己爱吃的零食，购置一些漂亮的家具。好朋友说我懒到一个境界，会变笨变呆变蠢蛋，而我享受自己的懒，却偶尔讨厌自己过于慵懒。譬如懒得谈恋爱，懒得与人解释，懒得出去聚会，懒到自己以为自己一无是处。怕是怕，却也一直这样随性地活了二十几年。只要有梦想，不放弃自己的原则，懒其实只是一个字而已。

宠物

在我眼里，养宠物的人只有一种，就是内心深处孤独的人。说到底，开始真正喜欢宠物，也是因为自己太寂寞，觉得养只猫，每天在身边走来走去的至少有个陪伴，会让自己内心得到很多安慰。我任性地认为爱宠物养宠物的最初，是因为自己需要一个伙伴，需要一个可以时刻在一起又能不厌其烦听自己唠叨的伴友。第一只宠物走丢了，它在一场大雨中消失在路的尽头，而我至今很想它。之后也不再养过一只狗，一只猫。时常在梦里看到，走失的宠物回家了。思念的人不多，养过的宠物不多，爱过的人不多，人生却是感觉经历过很多，懒过一个长长的世纪，就好像可以安然度过一个寒冷的冬季。

爱情

时过境迁，好多事想要反驳却学会了点头说“嗯”，好多人想要报怨但给岁月一个面子说句“算了”，大雁往南飞，孩子总会长大。青春不适合一步成熟，但是青春里的羞涩和爱恋像催化剂一样。在物质的岁月里唯独需要珍惜的便是情分，在孤静寂寥的夜里该是安睡至自然醒的好时光，而不是流着泪过 12 点的难过。我想，爱情给人幸福；我想，爱情也给人伤痛；我想，我们终会得到有情人的拥抱和香吻。大不了缘深之时我陪你，缘浅之后，你陪她。在爱里，有些事情看透不说破，不知结果怎样不如放在心里，就好像喝到烂醉如泥也不知道会喊出谁的名字一样。听过这样一句话，“义无反顾地爱一个人，就好像脱了盔甲在场上战斗。一个人要成为一支军队，你能承担住多少枪林弹雨”。所以我做不了好人，也做不了坏人，只想做你的心上人。人们常说，谁先动情谁先输，可偏偏有人不管输赢，就是爱你。

失眠

习惯了对方身上的味道，习惯了夜里沉闷的空气，甚至习惯了掐点掐时地熬夜，纯的习惯，却任性失眠。真正失眠的人，每一个心事都能成为夜不能寐的原因，每一次的熬夜对他人毫无意义却对你意义非凡。有人需要夜宵，有人需要爱情，失眠的人反倒最不需要任何理由了，因为每一个理由都是理所应当。因为我们都一样，在不同的城市里，在不同的夜色下，有着同样的失眠心境。不要指望改变别人，也不要总是和自己过不去，希望你每晚都有好梦。

陌路

你所看见的幸福来源于内心温柔的满足，失落时的一句问候，开心时的一同分享，恋爱时的一起愉悦，还有失恋时的一个拥抱，所谓知足常乐或许就是如此。本该寂寞，却耐不住孤单。本该孤单，也因为开怀而相偎。世界之大，遇见就是美好。原则之上，分开就是陌路。一辈子有多少的来不及，别在最好的年纪错过自己。真正原谅一个人需要多久时间，真正爱上一个人需要多少勇气，让一个人真正失望恐怕只需要一瞬间。当疲惫和遗憾积累得越来越多，伤痕越来越大越来越明显才学会了自爱。人，是被逼出来的。不揭别人伤疤，少谈过去往事。心里的位置不多，有些人一旦进来，有些人必须就要离开，都不容易，不要互相为难。一见如故，再见陌路。

其实，我们都一样。太平淡的生活方式不足以让人进步，想要得到不一样的生活就要放弃当下的日子。聪明的人从来不会委屈自己一分一毫，真正的解脱是头也不回地走得更远更好，把旧时光的敌人远远地甩在身后。你应该是一阵风，刮进春夏秋冬里。你应该是一把伞，自给自足避开雨季。我们一样爱着他人，也一样被他人所爱。时光是贼，在被偷光之前我想认识你。

F i n d

y o u

被世俗磨平棱角之前，尽情放纵，大口吃肉。哪有人真的无时无刻不在快乐着，无非就是那一点点莫名的感同身受和归属感才觉得安慰。活在记忆里的人是不是傻子我不知道，但大多数快乐的人都是记性不好的。

不曾听说自己还能变成你喜欢的样子，不曾发现你也会因为我的情绪而产生微妙的变化，也不曾看到过你在众人面前哭泣。

那天，他没有在约定的时间里及时赴约，然后你失望而归，并不是因为他不遵守约定而生气，而是自己过于期望而失落。

人总是会为自己在乎的东西去找一个借口来搪塞，也会因为喜欢的人而勉强自己，不是不知道这样并不好，而是控制不住那种行为举止。当我们喃喃自语该如何是好时，又会因为他的突然出现而欣喜万分，而我，也是如此。

一个性格好的自己，与一个性格暴躁的自己，我们徘徊在该发脾气或者忍耐之间，一些事情改变不了局势，一些人也说服不了主人公，往往就会开始一场无休止的战争。惹怒自己的并不是别人，而是自己本身。这句话我显然不认同，当我们处于安静的时候，不会无端地去生气，更不会带情绪地去憎恨谁，而在被点燃之前，一切平静如秋。一个小小的火苗，能够引发一场火灾，同样一个人的挑衅和一句离间的话语，也会令人火大。有一天你问我："你怎么看待好脾气和坏脾气？"我说："曾经以为好脾气能够带给自己更多的人脉，抑或是更宽广的发展机会，从而使自己能够得到更多的回馈。事实证明，一味地微笑待人，不争不吵，不去计较，不见得会得到更多。这年头做自己的人少之又少，晋升的都是表面功夫，而我何尝不是如此。更辛酸的是偶尔还会违背自己的初心，而做一些不喜欢却又不得不做的事情。每每如此，开始恶心自己所走过的虚伪历程。”你说：“人生会有许多的不如意，你要看清楚当下，要把握住现在。”我认为你说得很对，我又认为这并不是唯一的选择。你还记得吗？当时我问你：“你知道黑夜为什么能够使人安静到能听到心跳的声音吗？”你告诉我说：“也许是因为四下无人，也许是孤单来袭，也许是你没有一个真正意义上能够促膝长谈的知己。然后开始发慌，开始思考，开始冥想若干年后的自己会不会一直如此。”

当时的我总觉得自己做了一些奇怪的事，是身体里的另一个自己在借机作祟。干了一些坏事，安慰自己并不会得到报应，那并不是本人所为。我总在找另一个自己，另一个可以驾驭住当下的自己。梦想大的时候，常常喜欢逃脱，而没有梦想的时候，又会横冲直撞，这是我们年轻气盛的体现。可是你说：“并不是，那是因为我们没有目标，不会坚持，那简直就是一个蠢货的表现。缺德的事谁都做过，别不承认自己不堪的过去，也别硬生生抹掉一些你不愿记起的画面，那是完整的，也是真实的。”

我曾经讨厌一个人，讨厌到无法忍受多看她一秒钟。那时候年幼的自己把她的布娃娃偷来扔进垃圾桶，让她哭了整整一天，也难过了好久。然后，我开心了很久。那时候觉得自己很厉害，能够做自己想做的，得到自己想要的。虽然明白偷别人东西是可耻的，但还是做了。时过境迁，偶尔回想起自己当年犯的错，也会冷笑自己当时是因为害怕被人取代，也是因为自己拥有太多的不安因素，其实最卑微最渺小可怜的还是自己，并不是那些看着你哭看着你无可奈何表情的人。在那之前，我没有要好的朋友，难得认识了一个自认为的好人，以为这就是所谓的好朋友，急匆匆地就想告诉他所有自己的故事。不料，他并不是我所想的那样赞同我，而是和那些人一样把我当成了怪物。他曾说："你是不是精神分裂了？"他曾大声骂我有病，他也曾和我绝交，为了不想看到和我走在一起时投来的异样眼光。你看着我说："那你有没有找到改变的方法呢？"我说："我有，虽然知道我的青春没有太多很美好的回忆，但是那些不堪的过去竟成了当初唯一能够回味的故事。做了那么多错事，我也曾想过要变成一个大家都喜欢的好人。然后每次按照逻辑顺序发展，当你下定决心，痛定思痛地改变去得到认可的同时，人们都不愿意相信我，怪自己不够聪明伶俐冷静处事，也怪他人的不理解。”你语重心长地说：“当你自认为想要变得更好的时候，先要得到自己的认可，再去寻求别人的支持。”后来的我，一直在寻找自己，另一个可以让我变得更好的自己。我说：“我会尝试着做到最好，让他们都承认我。”你欣慰地看着我的改变，你告诉我：“谁没有个糟糕的过去，谁没有个年少轻狂的时候，你我都一样，只是你和我或许是截然不同的经历罢了。”我喜欢与你交谈，喜欢你的冷静，喜欢你的从容，更喜欢你的接纳能力和世界观。

我知道敏感的人内心比谁都要强，缺乏安全感的人给予别人的安全感绝对是意想不到的强大，出乎意料就是形容这类人。我们或许能够给人温暖，却永远无法温暖自己，同样渴求得到别人的温柔，善待自己，待自己一如既往地好。

那一年我们一定写过同学录，而我也因为一张同学录与她冰释前嫌。两年多没有理对方，毕业的前几天，大家开始忙碌着互相传递着这玩意儿，有些人写得很认真，有些人写得很随意。当她把一张同学录放在我的桌面上，虽然没有说话，但是我感觉我们和好了，至少我觉得。我并没有很认真地回答上面的问题，连星座也懒得写。我只写了名字和我想对她说的话。“希望我们能一直这么好。”这句话，我想了很久才写上去，不知道写什么能够让她明白，或者让她不要忘了我，思考了半天，最终还是写了那句一直想对她说却没有说出口的话。庆幸的是，现在的我们还很要好。

我记得你说过：“有些朋友并不是刻意去认识，也不会强制自己去维持那段关系，长久不联系的我们，或者几年也不见面的我们，约个时间聊天，又会像从前那样侃侃而谈，聊聊最近的生活和经历，似乎有太多讲不完的故事要急着告诉对方。”我还记得，每次分别之际，我们又会偶尔感伤，分开之后，又会回到自己最初的生活，并不会影响自己的好心情，这是我认为的一种最舒服的老友关系。

即便你有过很多的经历和经验,也会在同一个地方栽倒，并不是不知道那是一个坑，是你自己愿意跳下去，是你自己愿意试着去相信，而那时候的自己已经对会发生怎样的结局全然不在乎，而是在乎这个过程里自己能够得到什么，学会什么或者改变什么。我时常拉着你喝酒谈天说地，我说我很害怕这个，也很害怕那个。但是你说："时常担惊受怕的人有时候还是非常勇敢的，会把害怕放大一百倍，然后恐吓自己会死掉一般，又抱着必死的决心，做出了勇敢的举动，或许你和我就是这样的人。"

每一次面临一个重要的决定，我都会试着让自己极度恐惧，但好像拥有强迫症似的非得去死一次才不后悔。所以，我并不是一个逃兵却也不是一个强者。强大的人似乎都心思缜密，强大的人似乎都拥有魔力。从小爷爷告诉我，人要学会的第一件事就是做人，我没听。老爹从小告诫我说不要拿别人的东西，我没听。奶奶从小教导我说不要总是一副别人欠自己钱的表情，要学会原谅别人，我没听。告诉过我这些话的人，是为了我，为了我能够得到别人的认可而语重心长。长大之后我才明白，这些简单的道理有多重要，然后开始艰难地追上脚步，去完成那个从来没有达成过的提醒。一开始你这么做，就不会太累，但是我发现越是后来醒悟的人，越是记忆深刻。

爱情中，我们都会变成主动的一方，也会变成被动的一方。主动决定我爱他胜过爱自己，被动显示他爱我胜过我爱他。你不理我，我不理你的默契会让爱情决堤，然而冷战也会让被动方醒悟，这是最好的，最糟糕的就是理所当然的你必须理我，而不是我去找你。本来就是相互拥有的感情，一个人怎么走，一个人能走，我们原本就不需要在一起。

生活让我们的人格变得一重加一重，白天认真工作，微笑待人。晚上或许就是夜夜笙歌，豪情万丈。喜欢听人讲故事，因为故事能够反映出一个人的生活状态，喜欢和别人心灵交流的感觉，即便对着发光的屏幕，即便是陌生人，聊得来心里也会备感温暖。一开始我迷失自己，最后我寻找自己，我们每个人都曾在自己的世界里迷路，走不到终点，到不了未来，一路上我们并没有掉眼泪，只是觉得有些孤单，有些落寞。找到那个真正的自己，回到你最想过的日子。有时候性格比性别还难改，但是我们一直在寻找另一个自己。

当/你/生/病/时，你/会/想/起/谁？

荒唐青春 你最珍贵

匆匆那年

你还记不记得

青春里的列表循环

我想再见你那些“狐朋狗友”

匆匆那年

仅有的勇敢是否应该拿来说一句再见，深埋的情绪该不该以此来缅怀青春。我不擅长告别，你不擅长挽留。这欲望的大门一旦打开，就没有那么容易再紧紧关闭起来了。我想，你最好的归宿不应该是这样，你想，你能过得好便是我最好的欲望。你和我，根本不是一个世界的人，而我们却在同一个世界里有缘相遇。

这世界上有太多玩物丧志的人，这世界上有太多为爱冲昏头脑的人，这世界上还有找寻梦想和两点一线的上班族。我还记得那个时候不管什么天气，我们都一如既往背着一样的包包为生活而忙碌。这感觉真是糟透了。大学毕业那会儿，很多朋友也都慢慢失去联系了。每个人都摩拳擦掌，为了所谓的梦想而去寻求一份在这所城市能够吃饱穿暖，又能实现自己目标理想的工作。阿 May 她们也不例外，她和桃子一起租了个小房间，两个人可谓是相依为命。她们朝夕相处，她们有福同享，她们更是有难同当熬了下来。

曾几何时，她们躺在同一张床上望着破旧的天花板，抽着同一个牌子的香烟，喝着同款的廉价啤酒感慨万分地骂道："老子要辞职。"这时的桃子便会接她的话："辞吧。"然后两个人四目相望，跳下床，穿好裤子，立马匆忙地洗漱完火箭般冲出屋子赶着地铁去上班。又是什么时候，她们在阳台踩着大脸盆里洗不完的脏衣服骂道："老子这次真的要辞职！"阿 May 也拍手叫好。"真的好累好辛苦，真想回家了。"她们都知道这很辛苦，不然又怎么会哭。这时又一个声音落下来："那就辞了呗。"然后两个人又四目相望，终止话题继续下去的理由没有之一，就是辞职了去干什么，去做什么。再然后她们看着这可怕的欲望都市，想来根本也没有其他的容身之处了，忍一忍应该就过去了，想着想着，该死的闹钟又嘀嘀嘀地响了。阿 May 与桃子两个人像是失了魂的小丑，东碰西撞地各自打理完毕出门继续过着她们的周一生活。地铁就是人挤人，谁摸了谁还找不到是谁的地方。上班憋屈，上班的一路也真是跋山涉水，每每如此，阿 May 都恨不得吃下一头牛来解恨。她们为了租个稍微干净点又便宜的房子，所以只能离市中心远一点，但是上班起床就得比以往早一个多钟头。这才 7 点多，就已经是人山人海了。不禁在心里诅咒着埋怨着。好不容易挨到周末，恰巧阿 May 前几天已经发了工资，想请桃子去吃顿好的。趁着天气不错，她俩换了换衣服准备出门，那会儿桃子最爱吃的是牛肉拉面，而阿 May 最爱的是土豆西红柿盖浇饭。她俩在拉面馆又点了个大盘鸡，算是犒劳自己。

桃子吃着牛肉面说："真好吃。"然后傻乎乎地看着阿 May 笑，阿 May 什么都没说，笑着看桃子那吃得津津有味的样子。说实话就是有点心疼她，当然阿 May 也心疼自己。那段日子里感觉什么事情都不如意，只有自己发工资这一天才觉得稍微有点底气。她们不曾想过做点别的事情来改变自己的生活，只是一味地埋怨日子过得太苦，工作太辛酸罢了。

即便如此，她们也实在没有精力和其他的能力来做多余的事情了。早出晚归的工作，回来已经累成狗，再去想象其他的生活简直就是心有余而力不足了。一眨眼就快过年了，她俩再三决定今年不回老家，待在这里做点什么，如果再做不出点成绩来就真的没脸回家了，这是她俩头一次有了豁出去的想法，心里一直被禁忌着的地方终于打开了一扇窗。

有一天，阿 May 和桃子说："在工作期间恰巧认识了一个男人，有点钱，有点权，有点喜欢我。这事儿我很早之前就知道了，也心知肚明如果开口问他借点钱做点小买卖足以改变我们现在的苦境。不然我就问他借点钱，你看怎样？"

桃子当然是一个劲儿地摇头："阿 May，你不要联系这种公子哥，他们的世界和我们的世界不一样，或许找他开口帮忙了，接下来的事情就不是我们所想的那么简单了。"桃子是担心阿 May 被别人骗，也担心她万一做出错误的决定，到时候回头太难。

"可是我们在这里无依无靠的，找谁帮忙都不可能会答应我们啊。"看来阿 May 心意已决，铁了心要投靠那个男人，

“桃子，我们这也不是没有选择嘛，再说我们借了钱又不是不还给人家，不要那么担心啦。”桃子还是觉得这样不好，那样不行，她们争吵了一些日子，得不到最终的结果索性就不理对方了。

“喂，是我。你之前不是说要请我吃饭嘛，今天我有空，就今晚 7 点吧，不过我带个朋友一起，你要介意就算了。”话还没说完，那个男人就答应了阿 May。说起那个男人的事情，就是先前阿 May 救过他一命，恰巧她又是他的菜，算是欠阿 May 一个人情，又在当时约定要好好感谢阿 May。

那晚他们三人在高档的餐厅里面面相觑。

“想吃什么，点吧，别客气。”男人开口说话，她们自然也不会客气。桃子点了想吃的东西把菜单递给阿 May，阿 May 点完又把菜单转递给男人，他倒也是很痛快，点了很多特别贵的菜，这让她们感觉十分好。男人肯给女人花钱这自然是会让女人好感倍增，虽然就一顿饭，也能够看出他是个大方之人。吃着饭，他似乎看出来对面的她俩有话要说，便识趣地开了口：“很荣幸能请你吃饭，感谢上次你救了我。”

其实就在几个月前，这男人在阿 May 公司天台寻死觅活的，阿 May 那天又是因为工作挨批就去天台抽根烟发泄情绪。那个男人正好和交往了 5 年的女友分手，在天台学别人自杀，被阿 May 骂了两句就骂醒了，也不知道那时候哪儿来的勇气，噼里啪啦的一通犀利的话语就出去了，觉得他人生并没有那么地不完美，不过失个恋就要轻生，那她和桃子已经死了八百回了吧。事后回想，倒吸一口凉气。他要是死了，自己不就是这起自杀案的疑凶吗？想想还挺恐怖。不过，幸好。他没死，自己还交了一个朋友。

“上次那事儿我真得好好谢谢你，过几天我生日，你带上你朋友来参加我的生日派对吧。”阿 May 点了点头，爽快地答应了。“还有，你是不是有话对我说？”这男人也不是真傻，应该是看出来她们有事相求。“我也没什么大事，就是我俩最近手头有点紧，遇到了点事，想请你帮个忙，你不答应也是正常，就是我俩在这里也没什么朋友了……”话音刚落，男人就心领神会地点了点头：“我能帮的我当然帮了，那需要我帮什么？”听到这里她们俩自然是喜出望外，不过这时的阿 May 似乎又改变了主意，可能真的是所谓的自尊心作祟，加上先前桃子对她说的一番话，想来也不是没有道理，可能真的是世界不同，就无法做朋友吧。开始矫情的心理变化，让阿 May 无法再开口说出半个字，默默吃完了这顿饭，然后带着桃子迅速离开。反倒是桃子回来后非常生气，大声斥责阿 May 说："为什么不继续说下去呢？当初不是决定好了吗，那时候我劝你别说你还不答应，现在我都准备好了你怎么又反悔了呢？"当时的阿 May 也不知道该怎么跟桃子解释，自己的第一反应是不应该这么做，其实她们决定好了要如何装可怜骗取男人的同情，然后偷偷骗他一笔钱就离开这里去做点小买卖。他本来就是个有钱人，更不会在意那点钱，阿 May 自然是明白，但是一想到心里面抵抗的思想，觉得自己的做法很肮脏，不能因为对方喜欢自己而这样落井下石。当然，这个要钱来解决生活的方式，让她和桃子面临岌岌可危的状况。房租要交，饭要吃，日子还得过，但是她们实在是没有更多的资金来维持在这里的生活。在这里的时间越久，似乎生活就越来越艰难。偌大的城市，并非是当初想的那么乐观，以为自己的一腔热血就能够闯出一番天地的，没有后台，没有靠山完全拼不过那些人。同样很努力工作，很刻苦地学习经验，到头来还是混得一个小小的职位。

耳边传来桃子隐约的抽泣声，阿 May 也不知道该安慰她什么，只是觉得有些对不住那个男人。当然，在这里做的一切桃子帮过她很多，自己也很抱歉，随后就偷偷打电话给家里，让老爹给她寄了一笔钱。当初阿 May 选择这里，也是因为想过得更好，真的可以出人头地，不过现实太残酷。而她，幸运的是可以不用考虑到家里的负担，为自己奋斗而奋斗就行。可是桃子不同，她每个月的工资有一部分得寄回家里，还要省吃俭用存钱供弟弟念书。这似乎就是她俩唯一的不同，桃子过得比自己更辛苦更累，还有更多的心理压力。

“桃子，你还在生气吗？”阿 May 用手指头戳了戳她的腰，桃子没理会。“桃子，桃子，桃子，桃子……”阿 May 开始扮着鬼脸逗她。“噗……”桃子突然笑了，反正阿 May 知道每次自己一这样闹一闹哄一哄她就不生气了，“没生气，只是觉得自己没用，我们这么多日子都在一起，我怎么会真的生你的气呢。”说来也巧，这时候手机信息提示有一笔钱汇到阿 May 的户头上了。她马上兴奋地坐起来，也不告诉桃子是什么事。她知道桃子的妈妈生病了，这个时候肯定也很需要钱，在这里自己也只有桃子一个好朋友，只想帮帮她渡过这个苦难时刻，但是也想用自己认为最舒服的方式。老爹的钱借了一定会还给他，算是自己替桃子借的吧。隔天，她们还是继续上班，继续下班，然后一起吃饭，一起看电视，然后一起看着破旧的天花板发牢骚。老板总是拖欠工资，阿 May 也开始不耐烦，老爹汇的钱也只是一部分，想到三个月的工资还没有发，还有之前的奖金到现在为止都还没有发，想到这里阿 May 就气愤得想辞职，那样的话最慢一个月那笔钱也会全部到手了。阿 May 也想着在这里工作没有什么好的出路，就索性递了辞职，然后这事儿她还不敢告诉桃子，怕她大发雷霆又为自己担心。老爹的那笔钱加上自己辞职后拿到的那笔钱，应该就可以让桃子缓过这段日子了，阿 May 决定和桃子商量。

“桃子，我觉得在这里太辛苦了，我想回家，你有什么打算？”虽然说得很干脆，但是阿 May 也是真心觉得桃子这朋友不错，见不得她过得太痛苦。“阿 May 你真的要走吗，决定好了吗？”桃子坐起身来，严肃地看着她，并且拉起阿 May 整个人来又重新问了一遍，“你真的要走？决定了吗？”阿 May 连连点头，斩钉截铁地说：“是啊，在这里又没什么出息，我不走还能干吗呢？就是有点舍不得你。”桃子背对阿 May，开始默不作声。“我说，桃子，天下无不散的筵席啊，我俩还是好朋友，现在是，以后也是。”她从身后抱着她，能感觉到桃子整个人都在抖，而她一直忍着不哭出来。那天晚上，她们聊了很多，也哭了很久，最终阿 May 还是打算离开这里，桃子还是选择留在这里，就算回老家，工资还不如这里，赚得少之又少，虽然老家的工作可能轻松点，但是绝对没有这里高。阿 May 让桃子跟自己回自己家那边，她摇摇头笑着拒绝了阿 May。其实自己也知道桃子的状态，她们两个人的自尊心都很强，有时候强到想要违反自己内心的想法但是做了一定会后悔，强到会伤害自己，伤害彼此，但是结果并不会改变，只是过程让人难以承受。

一个月之后，阿 May 把钱装进一个信封里，挑了桃子上班的时间写了一封信，然后便独自离开了。她不想说再见，更不想当面道别离。这样的感觉反而会让自己舒服点，将来还是会再见面的，她这样想，并且也这样做。在回家的车上，她塞上耳机，想起以往都是自己和桃子一人一个耳塞，然后靠着她的肩膀下班回家。当时觉得自己快撑不下去了，无法过没有钱的日子了，都是桃子说忍一忍就会好的，然后熬到了现在。不知道是不是自己死脑筋，还是忘记了梦想，总觉得无法继续过得更好时，偶尔的妥协未必是一件坏事情。然后就这么摇摇晃晃，在路途中睡过去好几次，也做了一个长长的梦，梦里的她和桃子都很美，都很好，也都很热爱生活，也实现了各自的梦想。听人说梦都是反的，听人说青春都是疼痛的，听人说的事情往往阿 May 最不信，所以她还是很开心可以做一个美梦，然后重新上路。

桃子并未给她打过一通电话，只是发了一条短信：阿 May，辛苦你了，也谢谢你。至今为止，自己也不懂她们之间的情谊在她心里是怎样的一个位置，只是觉得她是一个腼腆的好姑娘，一个不善言辞却拥有太多情绪的女人，想来这是最好的道别，也是最舒服的再见方式。

不曾见过的世界还有好长的一段路要走，从未看过的风景还有好久的日子需要奋斗，带着最初的理想和最初的决心，想着看着终究有一天会实现，不放弃自己，就应该什么都做得好。桃子，我们回头见，到那时候我一定有很多话要拉着和你说，一定要再抱抱你，问问你最近的日子过得是否好。若是不好，回来找我，我一直都在。虽然我们现在分隔两地，但是终究会按照自己的意志过自己想要的生活。我没有放弃自己的梦想，现在只是换个地方去实现，原谅我的不告而别，原谅我这样的离开方式，不善言辞的不只是你，我也是。所以，我选择这样的方式想要感谢你这段日子的照顾和安慰，希望我们的友谊一直都会继续下去。趁着哪一天阳光甚好，天空很美，我想和你重新再做一次朋友，到那时，我说：“你愿意做我的好朋友吗？”希望你会说：“我愿意。”

你还 记不记得

《华灯初上》
这座城市刚刚换上新衣裳
车水马龙的街道上演热闹
归属港湾不明确
爱的人不知去向
喜欢上一个人便静静沉淀
若爱上一个人会偶尔失眠
原来你一直住在我的心里面
原来你也正巧走过我的世界

今晚突然下起了大雨，就安静地躲在家里，陪自己的猫，听朋友弹弹吉他。我有一个朋友——真真，她喜欢音乐喜欢到骨髓里，自己写词作曲，每天为自己的梦想忙忙碌碌。一般身高，二般相貌，三十不到。我始终相信一个坚持梦想的人，最后都会得到自己努力争取来的一切事物。当我们一笔一画写下那首有关于青春的盛歌，有关于爱情的喜悦，内心也曾波涛汹涌，也曾平静如秋或是伤痕累累。真真背着吉他北漂的时候遇到过许多志同道合的朋友，有玩音乐的，有学法律的，有喜欢养狗养猫的，也有唱歌写作的……当时听得我很羡慕，羡慕她能够遇到和自己内心如此相似且拥有梦想的一大群朋友。在我看来那是一件不平凡的事，听上去简直像是一场历险记。她似乎也过得非常快乐与知足，哪怕有时候给我打电话说自己很累很疲惫，但是电话那头的她斩钉截铁得好像在告诉我她这种状态是“痛并快乐着”。我相信她会完成自己的梦想，也会一直坚持下去。她是一个很简单的女孩子，什么都不奢求也不浪费时间去幻想，只希望自己梦想的保质期能够持久一些，完成得更大一些。偶尔发呆的时候我就在想，这么一个真实又现实的人，怎么会和我做朋友。人生偶尔也需要幻想来为自己治愈疗伤，不过之后我就明白她这家伙不能按照一般常理去解读她。因为真真跟我说，她好像遇到了自己的真命天子了。那个人也是和她一样，爱音乐、爱吉他，并且很爱她。我想，这种小女生般的兴奋状和我幼稚的幻想根本没有区别。当然，我又是一阵羡慕。从电话里能听出她的喜悦和幸福，而我一定会祝福她。

我和真真没有太多的相似点，她口味偏咸，我爱吃甜。她爱得很深沉，而我爱得很赤裸。她喜欢淡色，我喜欢深色。她喜欢安静平淡的日子，喜欢和自己有共同爱好的人相伴到老，而我则相反。所以，完全不同的两个人做朋友，最好的方式就是不需要管制对方，只要互相取长补短即可。说得来多说两句，谈不来就各回各家各找各妈。那时的我只想着这一生该怎么让自己轰轰烈烈，热热闹闹地沸腾下去。而她则说："我想要找一个懂我的人，能够互相照顾彼此，能够认真过每一天，写好多自己的歌，每天能为爱人弹奏最美的音乐。"而我回答说："我倒希望彼此都不要太了解对方，有点空间有些自由时间。我极度不希望自己所做的很重要的事情被人打扰，爱人也不行。我总觉得人与人之间一旦没有秘密，就会失去新鲜感和探索的乐趣，恋爱便会成为一段迈向衰老死亡的旅程。"她总说我太过多虑，我也总说她太过单纯。那天晚上，真真又打来电话，我欣喜若狂地等待她告诉我那边的趣人趣事。不过她迟疑了一会儿，然后当她跟我说要离开北京时，我只觉一阵惊讶。她总是给我许多出乎意料的想法，我总是不懂她，但也一直支持她的决定，尊重她的选择。从我们认识开始，我们互相尊重彼此的决定并且支持对方按照自己的意向来。当然，我会告诉她自己的想法。但是关于感情的事情，我却无从给她任何建议。

她说："我真的和那个人走不下去了，在北京的生活太压抑了，找不到好的发展，没有更宽的出路，打算去厦门发展，去一家酒吧当驻唱歌手。"我又是一阵羡慕，厦门是我最爱的城市之一。梦想去那里生活，过慢悠悠的日子。而她，在我不曾跨出过江浙沪的岁月里，去过了无数个地方，经历了我不曾经历的故事，尝试了所有自己想要做的事情。当我还是一只井底之蛙的时候，她曾是我心中崇拜的偶像。她总是给我讲许多不为人知的故事，也告诉我外边的世界不像自己想的那么美好。我只是听，她只是说。"真真，不管怎样，你开心就好！""你还是老样子，我无言以对了！"她总是这样乐观向上充满活力，我喜欢她的笑容，她喜欢我的虎牙。

“真真，说实话我真的可羡慕你了，什么事情都是自己做决定，想干什么就干什么，完全没有任何羁绊，每次想到你在外边体验生活，我整个人都热血沸腾地想出去闯一闯。”我知道她下一句话肯定是怂恿我“那就来呗”，不过也是因为每个人性格不同，所以想法才会不一样。相反的，喜欢和爱人安静过一生的她却选择了飘荡流浪的生活，梦想和喜欢的人闯荡天涯辉煌一生的我却选择了安逸无梦的日子。“你啊，我就不怂恿你了！说了一万九千八百多回让你来，你都无动于衷，我也是彻底败给你了。”这一次真真没有怂恿我，倒也在我的预料之内，她反正总是不会按照常理出牌，我总是摸不透她。反正世事无常，命运女神这次也该站在她的身后了吧。我双手合十，开始祝她一路顺风，一生好运。

真真谈过三个男朋友，那时候的我刚入社会。她还一本正经地跟我说：“别和花言巧语的男人在一起，多半不靠谱。”而我，总是任性地爱上那些会说甜言蜜语的男人。之后的我们越来越远，生活方式完全不同，我们爱的人也都南辕北辙。当她在小酒馆里唱着小情歌时，我窝在家里敲着键盘码着字。当她日夜不分为爱痴醉，我却为爱徜徉在文字中感动自己。我们不太记得当初是怎么认识彼此，也开始刻意忘记彼此的生日，忘记要互送礼物，渐渐地我们淡忘了彼此不再亲密无间。有一年春节，我打电话给真真，问她“你今年回来不回来？”她没说什么，隐隐约约听到电话那端抽泣的声音。那天晚上，我躺在床上辗转反侧。想起当时的她总是哭着对我说着心事，多久没有联系，那种从心的底端产生的情绪开始逐渐爆发。不知道她还记不记得躺在我腿上哭泣的那天，第一次失恋用光了我家里所有的纸巾，第一次哭着对我说以后一定不会再那么深情爱一个人。然后，她擦干眼泪还是尽情地谈着每一段感情。痴情的她还是哭得很伤心，第一次，第二次，还有第三次还有很多很多次。我总是大声地说，“不要哭！”她那会儿当然是点点头，回头，又是一阵痛哭。心疼她的同时，也顺便劝自己以后不要爱得那么深情，不然纸巾的钱谁给我出？我眼里的真真，她是个成熟懂事的人，只会在我这里哭得像个孩子一样。她总是哭，也总是坚强。我也经常问她：“为什么难过的时候要装作很开心呢？”她也经常这样回答：“因为没有人愿意看你一副可怜兮兮的样子，人们只会记住你光鲜亮丽的样子，而不会去倾听你到底为什么要哭的答案。”我似懂非懂地总是点点头，现在想想人生如此，确实很累。或许每个人行走的方向不同，但终点都一样。只是我在路上遇见了幸福，你在半路消失了踪影。每个人的故事都大致相同，而每个人却都是与众不同的个体。

大年初一，我们一大群朋友都聚在一起，唯独真真没有到场。派对已经进行到白热化阶段了，突然一个穿着黑色大衣的身影推开了包厢的门。我们回头一看，是真真。她来了，她还是没有忘记彼此的约定赶来了。当时的她，还是背着自己最爱的那把旧吉他，现场为我们边弹边唱了一首《董小姐》，我确实是听哭了。这是她最喜欢的一首歌，也是我们认识之后听她弹奏的第一首歌曲。我知道所有人都认为她唱得好，弹奏得棒，但是我和她都内心明了，这是一首歌，也是一份友谊。我们之间的友谊不是一般女生之间腻在一起的闺密情，也不是所谓的陌生朋友，介于这两者之间，又不存在任何隔阂。我之前羡慕别人的闺密是那样融洽，而我们总是像男生般相处。很多话都不说，很多事都不谈。只言片语的交谈，从不过问彼此的私事。似乎等对方开口想说了，就这么迎合对方。我记得有一次，她从北京买火车票到我这里，要13个小时，继而敲开了我家的门，打开门一把抱住我痛哭。她就这样，躺在我腿上哭到睡着。第二天她没有告别，等我醒来的时候，毯子盖在我的身上。而她，已经不辞而别在回北京的火车上。我知道，这是一个特殊的朋友，也是一个孤单的朋友。所以我从来都是支持她，站在她的身边。如同我需要她时一样，她一定会来，一定会遵守约定。我们的沟通似乎都结束在夜里，第二天就似乎被抹去记忆。她走她的梦想路，我写我的作家梦。

这一次告别，我们过了很久没有见面。通话次数也越来越少，而我把这份感情一直都完好无损地保存在心里。

2013年，真真给我寄来了请柬。她要结婚了，对象是一个简单的上班族，不懂什么音乐，不会什么吉他，更不知道摇滚世界的灵魂该何去何从的一个朴实的男人。最终她还是选择了会支持她能够陪伴她的人，而不是到处流浪，居无定所的人。在此之间邂逅过的经历也许正是一种成长，一种锻炼，也是一些经验的收获。总之她幸福就好，婚礼当天，我哭得稀里哗啦。不知道哭什么，或许是怕她不记得我，或许是替她开心，也或许是因为终于看到了一段幸福结果。她熬过了这么多年，吃过多少苦，只有我和她知道，也许还有不为人知的故事。那天，她笑得非常开心，而我那天晚上却失了眠。并不是因为难过，只是因为太过兴奋。第一次看到她满足的表情，赤裸裸告诉我她很爱这个人。他欣赏她的音乐，并且支持她的事业，也不干涉她的工作。他或许听不懂真真歌里面所表达的情绪，但是爱她所爱就够了。这样的伴侣实在是无可挑剔，各有各的梦想和追求，不同的路心却是在一起，这种感觉最美好。而我一直奢望轰轰烈烈的感情，却无奈感动于平凡的恋情。说到底，人总是会被简单的美好所打动，那些深刻华丽的过程只是人生的调味剂。简单和华丽并存，就像我和真真，就像真真和她的爱人，就像观众席的甲乙丙丁和舞台上的那些演员。真真发来一条短信说：“你的婚礼我也要当伴娘，一定要。”我回复了一条：“到时你不会都是几个孩子的妈妈了吧。”真真说：“那也要当你的伴娘。”我笑了笑，发了最后两个字：“晚安。”

幸福的时候，我怕你忘记我。不幸福的时候，我又担心你第一个想到的不是我。而最后，是我多虑，我为之庆幸。我知道记得不记得不是最重要，而是以前的过程，有你有我。不知道从什么时候开始，我喜欢去记一些特别的纪念日，生怕自己会忘记。或许哪一天等自己老得掉牙了，老得记忆力衰退了，看到那些笔记能够让我重新感动一回，重新去我们的回忆里游荡。

这座城市又开始换了新衣裳，车水马龙的街道正在上演热闹。我一直追求的轰轰烈烈与感动，将会在哪里与我会面呢？我记得，是今天。

青　春　里　的

列　表　循　环

我们的人生，我们的青春，像一首首不为人知的歌曲，你不知道会停在哪里，它一直在走，一直在奔跑，何时停留，何时归家都无处知晓。过多的经历之后，明白生活的难处，也愈发变得坚强勇敢，以往的年少轻狂让人情非得已。

趁着一股劲儿，我想去走一走。还有一些热血的梦想，我想去试一试。每天都在思考着怎样过得更快乐些，怎样过得更充实些。看着那些在为自己找借口而与他人争吵不休的人，看着那些每天起早贪黑挣血汗钱的人，再看看自己，似乎过得很简单，也很平静。不为谁所动，也不为谁多停留片刻。一直认为自己是一个绝情冷漠之人，而如今回首望向自己所走过的漫漫长路，些许脾气也被岁月慢慢磨平了棱角。

那天，大山对我说一起去北漂吧，我惊讶于她突如其来的邀请，也为这话感到了一丝兴奋。“去北京做什么？”我问大山。大山说：“什么都可以做啊，你可以继续做你的文字工作，我从事我的摄影行业。”面对大山如此淡定的回答，我竟无言以对。晚上，躺在床上翻来覆去睡不着，脑海里全是大山高兴的笑脸和憧憬着去北漂的兴奋神情。我是一个较为保守的人，一下子还未消化这些事儿，大山就打来了一通电话。“房子，赶快决定啊，我都在看机票了，最近的机票便宜得很，要去咱们得赶紧计划计划。”大山扯着嗓门在电话那头喊，我似乎能感觉到她已经手舞足蹈了。“我考虑考虑，毕竟咱俩人生地不熟的，去了那边也没有个照应。”我还是选择最妥善的处理方式，不过大山听后有些失望，落寞地挂断了电话。

无疑，那晚我失眠了。明知道时间不会因为我而停留一分一秒，此时此刻却还在奢望奇迹出现。塞着耳机，一直听歌，却再也无法睡着。明明自己心里也非常想去看一看闯一闯，却还是备感犹豫，无法决断。从小在南方长大，好像有些厌倦了，想去不一样的城市感受下人情世故，也想去赌一把自己的人生梦想。起身打开电脑，看了看北京的工作和房子。当时让我惊讶的是，北京的房租简直是高得吓人。简单的一套两室一个月的房租居然要将近5000元，而且房间小得可怜。回头想想，毕竟是帝都，也有这个地区因素，当时，简直吓尿。工资不高开销非常大，这一去似乎是个坑。那天晚上不知道看到了凌晨几点，总感觉天已经亮了才睡去。这几天上班一直心不在焉，心里一直搁着这事儿，晚上大山约我吃饭，我预感她一定是为了催我去北京这事儿。晚上7点过后，我们约在万达见面，然后去吃了火锅。饭桌上，出乎我意料的是大山只字未提北漂的事情，如同往常一样该吃吃该喝喝，这倒让我有点按捺不住了。看来大山这招欲擒故纵果然奏效了，我冷不丁地冒出一句：“大山，去北京的事情你定下来了没？”大山还是非常淡定，慢吞吞地说：“这不等你答复嘛，你没个决定我一个人也不好意思丢下你就走。”噗，这家伙差不多也要憋出内伤，“别瞎扯了，你要是真舍不得我那我求之不得了，不过咱俩能行不，就这么走？”大山推了推她那扮酷神镜，说：“咳咳，这事儿我觉着年轻人嘛别磨磨唧唧，去了万一发展好了呢，不好大不了咱们卷铺盖回家。”大山倒是非常想得开，心态好得一塌糊涂。我喝了一大口白开水，清了清嗓子说：“大山，那咱们下个月走。”大山吃着牛肉丸子，听了之后人整个儿跳起来，抱住我兴奋地亲我的脸。四周突然飘过来许多眼神，这立刻让我和大山面红耳赤，立马埋单走人。我俩顺道逛了逛商场，想着要去北京了，得买身美美的衣服臭美臭美。那个月够我忙活的了，辞职的事情，家人朋友都纷纷问我到底是什么原因。我统一回复：去北京培训是一个难得的机会，我想试试看。可能大家都觉得现在安稳的工作也是不错的，都觉得挺可惜的。我和大山心里打着小算盘，瞒天过海地就这么去了北京。

第一天到北京，我和大山简直兴奋得说不出话来。从来没有离开过自己的家乡到外边来，而且这次是要在这边长久地待下去就觉得不可思议。我们俩在租的小房子里收拾行李，时不时地大山会在隔壁房间吆喝一声，我也觉得十分痛快。

第一天来北京，我俩在出租屋里喝高了。北京的生活节奏非常快，对于过惯了慢节奏生活的我来说，刚开始还有点水土不服，一下子没有适应过来，没多久倒也喜欢上了这座城市。我们找到了各自的工作，那一晚我们为了庆祝，买了一大堆吃的喝的，坐在客厅看电视，竟然聊了一个通宵，顺便我俩又去楼下吃了个早点，这生活让我怀念至今。有一个志同道合的朋友，能够促膝长谈，无疑是我最喜欢的生活方式。没多久，大山谈了个老外男友，然后就搬出去了。当时也算是工作稳定了，大山说这边房租她会继续交，让我不用急着搬家，她怕我一个人承受太多压力，就给我一个这样的承诺。当时我也觉得很好，毕竟有了男朋友会有些许的不方便，她搬出去偶尔还会过来我这里住，周末的时候她偶尔还是会过来和我聊天，陪我喝酒，然后一聊又是一个通宵，顺便去楼下吃早点。

我们聊天的话题越来越少，我能理解毕竟分开了，很多生活中的事情很难接轨，也很难再凑在一起瞎扯。不过感情还是没有生分，这是最幸运也是让我最安慰的事。大山和她的老外男朋友看来过得不错，经常能够看到她在朋友圈里秀恩爱，发很多生活照，能够看到她过得开心，我也开心。大山一直劝我别太辛苦，也让我找个男朋友，还给我介绍过几个条件不错的人，让我试着接触看看，没准儿能遇到自己的真命天子。这话我倒是没放在心上，总觉得自己并不孤单，一个人生活也不错，乐得自由清闲。

过了很久大山给我打来一通电话："房子，Colin 年底要回德国去，到时候我要一起过去，今年过年不能一起过了。""嗯，没事儿，我可以回老家，也好久没有回家过年了，你在那边玩得开心点。"挂断电话，莫名伤感。一眨眼，我们在北京已经待了快三年了，她和她的老外男友还是一如既往地好，让我非常羡慕。偶尔的小吵小闹，她会跟我发发牢骚，但是言语神情中，总能透露一些幸福感。今年，是我最忙的一年，原本打算大山去德国了，我回家过年也是个非常不错的选择，碍于工作忙碌，又得请假提前回去看一看了。买了周五晚上的机票，打算回家住几天，过个早年。不知道带什么礼物回去，就也没有准备，想着随便买点年货到时候寄到家里就行。下了班，就赶着飞机回家，这心情和当初来北京的时候一个样，又激动又兴奋，好久没有看到家里人，心里总是挂念着，每次都是因为一句工作忙推掉了所有见面的机会。大多时候，是自己没有更好的样子出现，就不愿回去。现在在北京站稳了脚跟，觉得回家并不会丢大人的脸，心里非常轻松。下了飞机，打了车回家，距离越近，心里越是紧张。还没有打电话跟家里人说要回去，到时候一下子出现在他们面前，一定会把他们吓坏。满怀情绪地到了家门口，就兴冲冲地进了门。第一个看到我的是奶奶，她看到我突然僵住了，什么话也没说，拉过我抱着我。我也抱着她，奶奶的白头发又多了不少。老爸说："怎么这个时候回来？行李给我，让奶奶做点吃的，先休息会儿。"爷爷坐在一边，抽着烟不说话，听奶奶说每年过年我要是没回来，爷爷总是拿着我小时候的相册本一张一张地从头翻到尾，又从尾翻到头。

奶奶给我做了好吃的，饭桌上我一个人夹着菜吃着饭，心里暖暖的。想着以后不管再怎么忙，也要回家看看。吃了晚饭，奶奶一直拉着我叨叨唠唠的，心想着这么多年她一定非常记挂我。意外地发现客厅桌子上有好多的《北京晚报》，让我着实难过了一会儿，又感动了好久，也内疚了很久。以前不懂得什么是“每逢佳节倍思亲”深奥的含义，其实心里有你的人会用自己的一些微不足道的力量去想方设法思念你，到那时候你就会明白家人的温暖，也会懂得什么是从心里暖上眼的情感。“囡囡，在外头要照顾好自己，今天回来能不能多住几天？”奶奶一直习惯喊我囡囡，长这么大了，我也不觉得害臊，倒是非常喜欢。我心里想着工作的事情能放一放就先放一放，能够请多一点的假期就在家多陪陪老人家们。第一次出去大城市，他们都不曾为难过我，也不曾阻止过我，只希望对我有帮助的都是支持，我这次为了能多在家陪他们请几天假也算不了什么。

第二天，奶奶就带我出去串门儿见三大姑八大姨。这感觉像是回到了小时候，奶奶经常没事儿就拉着我去这家玩那家看的，乡下地方这点风俗倒是很棒，大家伙都是十分热情，其乐融融。在北京待久了，总觉得邻居什么的都是神秘人物，住了三年的地方，我连隔壁住的是谁都不知道，更何况楼上楼下了。下午，奶奶带我去逛了菜场，好多陌生而熟悉的脸孔。菜场里的大妈大叔都喊着：“这是你家孙女儿吗？”奶奶把我的手拉得紧紧的，开心地一一回应他们：“是啊，我孙女，长大了，现在也是个大孩子大闺女了。”老人家们总是很容易满足，我心里想。晚上，奶奶打了电话给姑姑大伯们让他们来家里吃晚饭，为了提前过个早年来看看我。虽然还没有过年，老爸却买了鞭炮，在空地上噼里啪啦地放了一会儿，我倒觉得今天就是大年夜，大家伙吃着团圆饭，甚是开心，脸上是止不住的笑容。回来的日子里，每天晚上都睡得特别安心，偶尔还会做美好的梦。不知道是因为自己真的很放松，还是真的奢求这样简单的生活。眼看着回北京的日子一天天逼近，家里人都在帮我准备特产寄回去，他们非得让我带回去给那边的朋友同事分享。不过这也好，顺便给他们瞧瞧真正的土特产。余姚的榨菜是非常有名的，堪称“韩国泡菜”，还有奶奶自己晒好的梅干菜，可以做汤，加点料就可以喝，也可以做梅干菜扣肉。奶奶说自己弄的杨梅酒可以寄回去一些，给喜欢喝酒的朋友尝尝，再做点菜。我心想着这下他们可是有口福了，奶奶做的菜那是一绝，尤其是梅干菜扣肉和芹菜炒牛肉，我打算打包点回去当天下飞机就可以在家弄碗米饭当夜宵吃。临走的时候，奶奶还赶出来说把弄好的醉蟹带走，是我喜欢吃的。我拿上小罐子塞进包里，舍不得，也要离开了。

老爸送我去机场，一路上唠唠叨叨的："在外边照顾好自己，也没人每天跟你啰唆那么多，自己病了去医院，饿了吃饭，别瘦得像个猴子一样。好了，我帮你把东西拿过去，赶紧去办理手续。"头一次看老爸那么多话，心里倒是非常感动，老爸也老了，也开始有白头发了。"老爸，真好。"大老爷们儿就是这样，听到这种矫情话就一记白眼过来直接秒杀我："好了，进去吧。""嗯，明年过年我还回来。"老爸点了点头，我转身走了。我知道老爸一定会看着我，虽然心里当时不知道是什么滋味，不过应该是幸福的。

到了北京，整个人又是另一种心情，觉着在老家是安逸踏实的人生，在这里就应该搏一搏让自己变得更强更好。回到家已经是晚上快 10 点了，洗了个热水澡，煮了白米饭，打开从家里打包来的菜，看着电视吃着，倒也觉得是一桩快乐的事儿。本想着回来可以和大山一起分享，不过这会儿她应该在德国和男朋友玩得正开心，我还是忍不住发了个微信过去："大山，我回北京了，新年快乐。"过了许久大山发过来一条："开门。"我愣了一会儿，跳起来去开门。看到大山，真的太激动了，一把拉过她抱抱："我想死你了。"大山说："傻瓜，大冬天的你就让我站在这里真的好吗？""哈哈哈，进来进来！"我问她吃饭了没，她说饿得很，我就给她也盛了一碗米饭，两个人窝在客厅里大吃特吃。以前周末我俩总是买好多吃的，在客厅的沙发上待上一整天，聊人生谈梦想吹吹牛皮，喝喝小酒。现在看着大山，好像就是当初我们刚来北京那会儿，特别亲切。大山吃到一半对我说："房子，其实我和 Colin 早分手了，我也没有去德国过年，就一个人在北京过的。"大山一直喃喃自语，说是因为自己每次不想回家过年，就拉着我也不回去挺对不住我的，这次是想让我回家看看亲人，其实我知道她回家里过年也就她一个人，所以总是提前回家过年，然后再回来陪她。这一次没想到她对我撒了个谎，让我回去，心里还是挺暖的。我听后虽然很诧异，但是似乎能够明白大山要强的性格，就安慰说："没事儿，大山，你还有我呢。"其实人生短短数十载，开心过才最重要，伴侣或许是一辈子的搭配，但是好朋友也是永远的慰藉。大山抱抱我，什么都没有说，我们俩继续把桌上的夜宵吃个精光，然后一起洗了个热水澡。她还是像往常一样会帮我搓背，我还是会嫌弃她手力太重。

晚上，她没有回自己房间睡觉，而是在我房里睡下。我们望着天花板，说要在北京出人头地，好好生活，然后一直到了如今我俩还是为自己的梦想在不断奋斗，不断奔跑。

我们的人生，我们的青春，像一首首不为人知的歌曲，你不知道会停在哪里，它一直在走，一直在奔跑，何时停留，何时归家都无处知晓。我们没有单曲循环，也没有到此为止就按下了暂停键，选择的青春和所走的路，坚持坚持熬一熬就会走得更远，将来会过得更甜一些。

在睡梦中，梦见自己飞了起来，梦见大山拉着我的手，梦见雨后的彩虹，还梦见了你。

我想再见你

那时候，我们不懂情情爱爱。那时候，我们逃课去买冰袋喝。
那时候，夏天是酸酸的涩涩的味道。

夏日炎炎，窗外的知了不停发出催眠的声响，冬青树的叶子亮晃晃的。午休时候同桌用手臂戳了戳我，打着眼神暗示我，我不懂，她只好小声地说道："出去买冰袋喝，我请你！"我下意识地看着趴在讲台上的老师，笑嘻嘻地说："走！"

两个人蹑手蹑脚地逃出了教室来到小卖部。那会儿冰袋

5毛钱一个，老板娘从速冻冰柜里拿出两个给我们，放到手上简直像是被寒冰神掌打过一般，凉到心田。我俩坐在小卖部门口的大石凳上，借着老树茂密的树枝遮挡着阳光。“等下被老师发现了怎么办？”同桌说：“没事儿，等下要被发现了，就说咱俩去上厕所了。”

一边心慌一边兴奋。夏天实在是太热了，恨不得每天都泡在水里边度过。回到教室，迎面而来的就是班主任犀利的眼光：“你俩去哪儿了？”同桌连忙回答道：“报告老师，刚才我们看您睡着了，我俩又内急，所以就没敢打扰您休息去了趟厕所。”同桌的回答让老师听了甜滋滋的，果然是被发现了还想好了万全之策。

夏天的日子实在太难熬，教室里只有两个风扇，坐在后排的我们压根儿扇不到风，炎热的天气让我每天都期待着放暑假，然后和小伙伴们去玩水抓龙虾吃冰袋。突然班主任说：“作为学校的模范班级，你们应该更加努力学习学习再学习，今年的重点高中每一个人都争取考上。作为初三的学姐学长，该为初一初二的学弟学妹带来好榜样。”话音刚落，我才知道现在正是上课时间，而我刚刚晃了神，不知道在胡思乱想什么。同桌递给我一张小纸条，说是旁边的男生传过来的。我和同桌低着头读着纸条里的信息，这一刻我和我的小伙伴都惊呆了。这是一封情书！而且还是这周末约会的情书，信中写着具体的时间和地点，还夹着一张小小的电影票。当时，我的脸通红不知所措。直到班主任让我朗读课文，我的心都是吊着的。后面的同学发现我不对劲儿，小声说："第七十三页第四段。"幸好有贵人相助，逃过一劫。

周末到了，家里的电话响了。电话那头传来同桌的声音："喂，你还没去约会啊？这都几点了。"我看了看时间，眼看就到看电影的时间了。同桌在电话里急促地说："快点准备一下出门，别让人等着急了，要是这会儿班长约的是我，我分分钟就过去了。"挂断电话，我立马冲回房里，打开衣柜乱翻一通，那时候青涩的我们就是不懂约会是什么样子的，也不知道该怎么打扮自己。挑了生日的时候奶奶送的小裙子换上，就出门了。在站牌等了许久的公交车，把我晒得整个人红红的。"你迟到了哦。"男生一边笑着说，一边递给我一瓶饮料，“我们进去吧，电影已经开始了。”我不好意思地跟着他进了电影院，当时整个人都没有全神贯注地看电影，整个人都不太自然。反而他在整场电影中看得很开心，还时不时跟我说：“你看，这人多滑稽，这个画面太搞笑了……”这事儿过了许久，同桌问我进展得如何，我说就那样吧。现在是学习的关键时候，不能分心，也就没在意太多这个事。下周的考试已经临近，复习的东西还有很多，完全顾不上这些小情绪。想起羞涩的我们，想起不懂事的青春，好多时间都飘浮在上空，不知道如何是好，更不知道怎么办才好。总是在心里偷偷放着一块空地，然后抽出时间去空地上转一圈，看看风景想想心事儿。恋爱的花朵不知道什么时候正开得非常鲜艳，突然同桌说我们都报一个学校吧，到时候大家都有个伴。那会儿同桌的成绩不怎么好，但是她开始努力复习，争取和我考到一个高中。

暑假越来越近，意味着中考越来越近。我们每天都在埋头复习，忘记了吃饭忘记了睡午觉，不再偷跑出去买冰袋喝，也不再去电影院。所有的时间似乎都用来复习、复习、复习。

分数下来，同桌没有考上那个高中，而我考上了。当时，她并没有失望，因为都在她的预料之内。临时抱佛脚肯定没什么太大的用处，但是她当时一直挽着我的手，说："等我买了手机，把号码告诉你，你一定要和我保持联系知道吗？"我点点头，像是要生离死别似的看着对方。我们看完分数仍然来到那个小卖部，她还是买了两个冰袋，我一个，她一个。坐在老树下面，这会儿的心境不同往日，有种飘起来的错觉。或许是解放的预示，或许是重新奋斗的开始。同桌和我分开，念了不同的高中，之后我们有过联系，因为学习繁重，好多事情都说不到一块儿，慢慢地也就淡了。周末聚会的日子也越来越少，后来索性就不见面了，只是通过几条简单的短信和一个不了了之的电话维持感情。

我最后一次和她打电话是她转学要去外省，我们当时约好周末再见一次面，再一起说说话聊聊天。我早早地赴了约，等了很久她都没有出现，也没有来过一通电话和一条短信。当我回拨过去，"您拨打的电话已关机"。从此我完全失去了她的消息，时不时还会继续拨打那个电话号码，总是说"您拨打的电话已关机”。再后来我打那个电话号码，已经是一个陌生男子的声音，我问她同桌的下落，他说他不认识，他说他这里没有这个人，他说的我都不信，可是我不会再打了。

不知道你过得好不好，不知道你现在在哪里，但是那几年是你陪我，是你和我一起逃课去买小卖部的冰袋，是你鼓励我去电影院，也是你说要一起考同样的高中，然后你不见了，我希望你一切都好。青春里的电影，看过大多忘了，年少时候喜欢过的男生，已经模糊了记忆。只有每天和我上下学，每天和我一起吃饭的你还在记忆里转圈。

夏日炎炎，窗外没有知了，放眼望去车水马龙。老树被高楼大厦覆盖，冰袋已经消失了，我想再见你一面的心却还在。

那些“狐朋狗友”

青春是一场必散的筵席，有人得过且过，有人全力以赴。陪伴着梦想，别失去方向。人与人相处久了自然会有依依不舍的情感，而我很珍惜淡淡如流水般的长情，乍见之欢不如久处不厌。

当年我们那群狐朋狗友啊，似乎都是命中注定才会相聚在一起。那会儿没钱，租的是最简单的房子，喝的是最便宜的啤酒，吃的都是最快捷的食物。什么都讲究一个随意，说到底就是没钱。

大钊

刚认识大钊那会儿，他还是个地下室卖唱的歌手。坚持做自己的音乐，坚持玩自己的风格。背着一把吉他寻求梦想，寻找自己的灵魂伴侣。太多的辛酸史我都看在眼里，疼在心里面。大钊其实家庭条件不错，但是单枪匹马一个人去奋斗。起初的生活还行，带了笔钱出来闯荡。可谁知道居然被一起玩音乐的几个兔崽子给骗了去。所以他开始背着自己全身最值钱的东西——一把吉他卖唱谋生。我第一次见大钊就是在地下走道，这里要去到对面走地下通道就方便得多。当走过第一个拐弯口，就听到一个很舒服的声音在唱着：

你怎么舍得让我的泪流向海
付出的感情永远找不回来
你怎么舍得让我的爱流向海
伤心的往事一幕幕
就像潮水将我掩埋

这一首《泪海》唱到我的心坎里去了。驻足听歌的人不多，我意思了一下。可能我也比较大神经，遇到一些事一些人有感触的时候会突发奇想。然后就问他说能不能以他作为题材写一篇文章，当时他也很爽快地答应了。彼此互换了联系方式，我说写完了一定告诉他。之后就通过简单的联系交流，慢慢地成了朋友。他的梦想不说伟大，也算是一个精神寄托。我特别崇拜这类人，有自己的思想和主见。聊天的过程中，发现他还是一个热血男儿，对音乐对爱情同样充满激情。他是个不错的家伙，从他身上能学到很多正能量的东西。我问他，为什么坚持了那么久。他说因为喜欢，因为内心离不开音乐，音乐就像他的生命一样，吉他就像他的儿子一般。对我来说写文章也是如此，我特别喜欢把有感触的事情写下来与人分享。这就是大钊，一个活脱脱的硬汉子。

阿金

他开了个小酒吧。当初这一带没开发的时候这块地还不起眼，现在慢慢人气旺了，他也就整了一个酒吧玩，生意一般。我俩读书时就认识，当时就特别铁。那时候去外地找他，在那边找了工作找了房子安定下来，也多亏了阿金的帮忙。还带我去逛了一大圈，兜风吃吃喝喝玩玩闹闹，那时候还互相开玩笑说。你看，咱们身边朋友都一对对儿的，咱们凑合下算了。那会儿能很痛快地聊天说各种奇葩的话，就知道彼此不是彼此的天使了。哈哈哈，和他一起玩就是俩字：快乐。阿金帮了我很多，教会我很多，也比我成熟太多。阿金有过一段恋情，爱得死去活来，我一点点地看在眼里。当时那三个月，真的每天陪他，他也每天烂醉如泥挡也挡不住。嘴里还嘀咕着，如果当时拉住她，挽留她，或许求她留下来就不会那样了。我怎么就让她滚蛋了呢，怎么就同意分手了呢。我呢，足足听了三个月重复的吐槽内容。不过，只有一句，谁嫁给他谁幸福。我那时候也是脑子抽风，一不开心就让他陪我抽烟喝酒打游戏。他呢，真的是随叫随到陪我通宵熬夜各种奇葩的事情都干尽了。压力大的时候，还有低潮期的时候，甚至你生活中遇到瓶颈无法突破的时候，都需要一个人来好好开导你，而我的瓶颈就是阿金带我熬过去的。工作遭遇惨状，生活一片狼藉。那段时间都是阿金陪着我，虽然每天浑浑噩噩，什么也不想干。阿金就说，要么这里 2000 元钱拿去买张飞机票你赶紧回家爱干吗干吗，也别在这儿硬撑了。要么一起努力奋斗，熬一熬想想出路好好理理思绪。当时，我也是被敲醒了。哭着跟阿金说，我想留下来，我想继续努力。哭得累了也就睡了，第二天整装待发，直接硬着头皮去找新的工作重新开始。所以他是一个很重要的朋友，虽然 185 厘米的个子才 140 斤。

沈丛

他擅长的就是画画。这是我在当地一家小酒吧认识的朋友。因为之前压力大，酒吧老板就是那疯子阿金。机缘巧合地认识了沈丛，也是阿金的兄弟。当时觉着这人特文艺，留着半长的头发，往后扎了一个小辫儿。看上去也特别有味道，整个一文艺青年大叔范儿。大家都是出来流浪飘荡的，刚开始生活那会儿大家都比较辛苦，前期都挺颓废惆怅的。第一次见面，阿金就把我介绍给沈丛认识。“这是我闺密，房子。”“闺密？说得你好像是她姐似的。”这开场白让我坦然了不少，也没有任何压力地开始闲聊。沈丛刚和女友分手那会儿正是我们认识的时候，他第一次见面就送了一幅漫画给我。画里的我显得很忧郁。我问他为什么画得那么深沉。他说：“看到的样子就是如此。”当时我也愣了一下，或许这人故事很多，而我却无法看到他心底的秘密。接触了一些日子发现，他是个痴情的家伙，典型的刀子嘴豆腐心。其实痴情的人很可怕，但是痴情的人也最让人心疼。他手指修长，五官清秀，高高瘦瘦，还会作画，简直是完美的男人。沈丛的亲人都在他小时候去世了，就他一个人。听说从小是被寄养在凶狠的叔叔家里。他小时候就很喜欢画画，乞求叔叔给他买一盒水彩笔都得挨揍，说什么白吃白喝还要求这个要求那个。当然，这些都是听着其他朋友拼拼凑凑起来的他的童年。熬到初中毕业后他就自己打工读书撑到了高中毕业就自学了画画。当时突然能够感受到沈丛眼里的沧桑感。浮浮沉沉那么多年，现在心里的伤疤会不会愈合一些了呢？他给我最大的印象是不爱笑很冷酷，笑起来却像个孩子一般天真。

小开

职业舞者，爱舞蹈爱得深沉。在他身上有着太多的伤痕和浓烈的汗水味。一大群在仓皇的青春里寻找梦想的年轻人，一起组织了一个舞蹈社。舞蹈社的生意刚开始很差，都是通过他们不断地发传单，去街头斗舞、跳舞慢慢积攒了一些人气。记得当时我也是莫名其妙在广场上看到一群人在跳舞，看得两眼发亮。因为自己从小也学习过舞蹈，本身自己就很喜欢很欣赏跳舞的人。停下来看了许久，然后目不转睛地看完了一整场的表演。当时小开给我一个舞蹈社报名的单子，我接过来一看，内容简单得不能再简单，粗糙得也不能再粗糙了。居然是纯手写！当时我就傻了眼，我的天哪，这舞团是穷到什么地步了啊！后来和小开成为朋友了才知道，当初舞蹈社的经费不多，大家都是能省则省，也没考虑那么多。基本都是晚上大家排完舞蹈然后每个人就分工完成，之后我也加入了那个行列，那段时间过得真的够呛。一个个都是为了自己的理想和梦想找了一个起跑线狂奔，也不知道会遇到什么事情什么坎坷，都在自我克服，这种感觉自得其乐，痛并快乐着。我相信每个人都是有梦想有期待的，都是特别希望自己的梦想有一天能够飞起来，有一天能够丰满起来。所做的努力不会白费，至少学到了不少能让你为之坚强和肯定的东西。

生活

日子过了许久，努力也是不会白费的。

大钊因为歌唱得不错，慢慢吸引了和他一样真正懂得音乐爱玩吉他的朋友，之后通过我和阿金认识，在阿金的酒吧里当驻唱。阿金的小酒吧生意也因此好了起来，吸引更多的喜欢音乐喜欢梦想的人。沈丛、阿金、大钊、小开和我是最初认识的狐朋狗友，大家都拥有自己的梦想。而我也经常厚着脸皮开玩笑地说：“你们可对我好点儿，将来我要是成为作家，你们还不得找我要签名。”结果个个泼我冷水。沈丛轻笑一声说道：“那就等着看看了。” 阿金仰天大笑：“这得等到我找到媳妇儿生娃了。”大钊斜眼看着天花板说：“加油。”这样的后果就是每个人一记拳头，头上起包。也不知道为什么，和他们一起特别舒坦。那一天，我们又喝高了。当然，我只喝了一瓶。小酒量的我，都是最先趴下的。结果我醒来发现我在沙发上睡着，那几个还在猛喝讲《聊斋》。酒吧的门也严严实实地紧闭着，一看手表都 4 点了。我的天啊，这几个人真的是神人，不去当酒保都可惜了，不然酒吧“三贱客”的称号非他们莫属啊。像往常一样，开始帮他们收拾酒瓶子，然后就是一阵嘲笑。你这酒量，真的别和其他陌生人去喝酒。不然卖到哪里帮人数钱都不知道。阿金晃晃悠悠地嘱咐着我：“千万别和陌生人喝酒啊。”我说：“是是是，阿金大爷说得是，您来歇会儿吧，喝得也差不多了。”老实巴交的大钊居然也开始嘀嘀咕咕起来：“房子，你这小酒量幸亏酒品好，一杯倒，不然哭哭啼啼闹闹哄哄我得告诉你以后的男朋友。哈哈哈哈哈哈，太那啥了，你跟我们那么久了，酒量不会也跟着好一点吗？”我说：“好好好，大钊哥哥所言极是，你也赶紧给我找个嫂子吧，好让我以后别一个人干这事儿，累得慌啊。我去，别喝了别喝了。”小开已经喝得差不多，直接趴在桌上喃喃自语：“明儿个还要排练舞蹈招收队员呢！唉，房子的酒量真心不行啊。”天哪，这家伙自己也趴下了，还有脸说我，虽然我真的是很菜。我说：“行行行，小开同志的酒量那真不是盖的。赶紧起来回家睡，趴这儿成什么样子。明天不是还有事情吗？赶紧滚蛋啊。”沈丛说：“放着吧，明天会有人来收拾。”哎哟，太阳打西边出来了。这货儿是没醉呢还是装清醒，说得好像明天真有人会来打扫一样的。我说，你别忽悠我了，赶紧收拾滚回家睡觉去，本姑奶奶累得慌。他抢下我手里的抹布丢到吧台，拉起我往门外走。沈丛说：“我先送房子回家，你们喝完散伙。”啧啧，这家伙脑袋算是开窍了。他说：“走走吧。”我说：“好。”他说：“你该找个人照顾你了。”我说：“有你们呢，不需要。”他说：“哦。”我说：“嗯。”沈丛说：“上去吧。”我说：“好，晚安。”

其实每个人都会追寻自己的梦想，只是有一些人坚持不懈，而有些人半途而废。我们这群充满期待充满幻想的孩子一直守护着自己的命运。不管将来会怎样，自己开心就好。不管结局是好是坏，也结交了一群炙热的伙伴。每一次的旅行中，你都会收获到不同的财富。每一个相识相知的朋友，都会带给你一段温暖人心的回忆。我们在这里活着，也在这里死去。在梦想的路上，风风雨雨，磕磕碰碰总是会走到自己的尽头。不管明天怎样，今天我有你们一起努力一起看日出日落就是最大的满足。故事的剧情不是别人给我们安排，而是自己去描绘出来并且打印出来，然后可以挂在自己最满意的位置，因此而欣赏因此而感慨。

我们之间的故事太多太多，想必每个人之间都会有深刻的友谊，深刻的情。好好珍惜对你好的朋友，一个也别弄丢了。我们要的不多，我们给的也不多，彼此互相鼓励打气就是最大的力量了。在失败的时候扶你一把，在成功的时候损你一下，这就是铁友。一句安慰，一个肯定的眼神就足够。不管我们当初是怎样认识，现在我们互相都不会忘记彼此。哪怕有一天要分离各走天涯，各自纷飞，心里面总有块地方藏着你们，好好想着你们。

天下没有不散的筵席，这话是对的。但是散掉的筵席也没有说不可以他日再次重相聚。所以朋友是一辈子的，好朋友更是一生一世不能够遗忘的。深知前方的路不好走，也曾任性摔倒，也曾迷茫彷徨，庆幸的是我们未曾放弃，未曾停止向前的脚步。

当／你／生／病／时，你／会／想／起／谁？

俗世故事 理想情人

局中人和局外人

此生请多多关照

趁时光未老

我想我会爱你

不如我们在一起

局　中　人　和

局　外　人

愿我们能够保留自己最初的善良与温柔，温柔待人才能被人温柔以待。该拒绝的时候千万别唯唯诺诺，该接受的时候也别让幸福擦肩而过。这世界上有安眠药，可没有后悔药。奇迹也只给努力的人，眷顾你的不是上帝，而是自己。

他曾经告诉我说:“一个人爱一个人，不一定会坦诚相待，但是一定会想保护那个人。”

当时不懂为什么爱一个人却不能对其袒露心扉，而是选择去隐瞒一些事情。渐渐地到了懂事的年纪，经历过些许风雨后发现，善意的谎言原来是真实存在的。我可以真心实意地爱你，而为了这份爱的坚固我选择去隐藏一些不为人知的真相。当然，真正相爱的两个人不会因为这些而分开，只是面对这仓皇的世界，我们选择了更保险的方式。原来每个人爱自己所爱之人的方式各不相同，但出发点都是因为想要保护那个最在乎的人。

记得那一年，当栗子和我说起她的故事时，两眼大而有神，对于那段经历她念念不忘。她告诉我说："当时一个大我 7 岁的男人说会照顾我疼我一辈子。那时候的我觉得很有诱惑力和具有挑战性，面对稳重成熟且长得不赖的他难免心动。人们不是常常说一个经历过风霜的男人特别会珍惜人，也非常懂得生活和了解女人。可我似乎对于了解或者懂一个人这个问题看得十分深沉。一个人要去懂另一个人何尝是一件容易的事情，而我是属于遇热则热，遇冷则冷的人。两个人因为相似而在一起，然后即便再合拍，即便再怎么用心良苦，分开的时候也是因为太过相似。我深深明白曾经的某种心里的错觉，第一感觉很重要，眼前这个人什么都好，就是无感。"我听着听着当然也是认为这有点可惜了："那……栗子，你就没有尝试和他在一起吗？”栗子露出一丝笑容，缓缓地说：“不管是谁，都想爱一个自己所爱的人吧。所以他对你再怎么柔情似水，再怎么无微不至都会觉得不是那个对的人的原因就是你自己不喜欢。”

我想栗子的选择自有她的道理，不过一个对的人和一个合适的人，换作是我，或许会选择一个合适的人过一生吧。

她接着说：“我们吃过一顿饭，看过一场电影，有过一个约定。”

“约定？你们有什么约定啊？”

“他那时候说希望下一次见到我的时候，会听到不一样的答案。”栗子跟我说这个男人的时候，似乎有点遗憾。不过那时候为什么不选择他呢？难道真的像她说的，这世上没有拒绝不了的爱吗？栗子笑着说：“他都说了随缘吧，那以后的事情还是顺其自然，我也希望下一次见面时候可以看到不同的他。那时候他轻轻敲了敲我的额头，然后送我回家。”

前阵子我还烦着栗子将我最近烦恼的事情告诉她，借着这个机会她跟我说了这个故事，我想有时候感情真的会让人情不自禁，也让人措手不及。你越想得到的时候命运就捉弄你，你越不想要的时候命运又带给你困扰。

人的一生会有许多的爱，也没有拒绝不了的爱，只有寂寞孤单的心。城市上空升起的月亮，让人想起远方的某个他，马路上来往的行人，看似都是你，却都不是你。有时候诱惑太大，有时候野心太大，有时候自己想得太多。所以当别人给予你温柔，给予你怀抱，给予你爱的时候你总想打开双手拥抱这一切突如其来的所谓的幸福。有人说栗子这姑娘真傻，不懂得人情世故，不会去抓住眼前的幸福。我觉得栗子是傻，但是我觉得傻点挺好。至少保留了最初的心境，爱我所爱就好。偶尔自己的小骄傲，会让人变得理智和清醒。不是所有人给一点温暖她就会感动，也不是所有人给她一个怀抱她就会去拥抱。这或许不是什么原则，只是她自己大脑的第一反应。事后我也和朋友聊了栗子和那个大叔的事。好朋友说："栗子这样做不就是傻嘛，这么好的男人就这么让他跑了？要车子有车子，要房子有房子，还有存款，又长得不错，她就这么和别人 Say goodbye（说再见）？"她两眼瞪得像铜铃一般大，不敢相信。

我回道："栗子说她不喜欢，没有心动的感觉。"她伸过来一只手，"啪"地弹了我额头一下："你醒醒吧，这世界上哪有什么好男人啊，看到条件好的还不赖的拉住还来不及，你要是以后遇到这样的男人，可别把这么一座金山放了。"说罢，她摊手表示无奈。我哈哈大笑三声，其实她说得也不错，人生在世本来就是要让自己过得更好，加倍地对自己好。这些好的前提不就是要有物质基础吗？道理都懂，却还是有人想要遵从自己的内心。我曾经认为每一段感情的开始都是以暧昧为源头，而暧昧却让人变得很受伤，也让人变得傻乎乎。幸运的人找到了自己的归宿，不幸运的孩子却停留在原地独自难过，像一只受伤的小狗，舔着自己的伤口。

人不能随便接受任何人的爱，别在寂寞的时候谈恋爱，更不要在陌生人面前摊开自己的伤口。好像在没有准备好的时候，做什么都没有好的结果，奇迹不会轻易降临，所以要为自己所做的每一个决定埋单。

2013 年秋天，栗子和那个大她 7 岁的男人再一次相遇了。

她当时脑海中浮现的却只有那一个所谓的“约定”。当时的他们也是单身，而当时的约定似乎已经成立。栗子说的那个约定原来就是这个，如果再一次见面，两个人都还是单身就可以尝试着在一起。

栗子说当时是他先开口打招呼。他笑着和她打招呼，笑起来的样子像个大男孩，又像一个久违的老朋友。栗子讲到这里便笑了，像是心里放下一块大石头似的说：“他当时说‘走，带你去吃好吃的’，我就觉得十分亲切。话音未落，我也开心地点点头跟在他后头，那一顿饭我们吃得自然很欢乐也十分淡然。几年之后的相遇实属缘分，也好像是命中注定一样会再见面。他变得更加成熟有男人味，性情也变了许多，连对生活的态度都改变了，而我唯一的改变似乎只有身高。我们的约定当时是那么说的，‘既然你现在还没考虑好和我在一起，如果哪天我们见面了彼此还是单身可以尝试着在一起’。而时至今日，我们在这个时间这个地方两个人面对面坐着，就好像两个多年未见的老友相聚，彼此侃侃而谈生活与工作，也没有再提起要在一起的事情。”

我听到这儿，便开始羡慕起她和那个大叔的缘分。从栗子眼神中能够看出来，那时候见面的感觉是极好的，彼此毫无压力与尴尬，只是单纯地吃了一顿饭，说着往事，他们还一起看了一场电影，评论着电影的情节画面。这么自然的相处方式，就说明两个人都成长了不少。话说回来，人是会变的，而约定是死的，想法又是活的。

栗子说："曾经徘徊的我，最终还是拒绝了那令人无法抗拒的爱，虽然可能错过一些幸福的事情，而我还是忠于自己的内心。两个人在一起无非就是能够一起生活，一起扶持彼此宽容，开心就好。"我觉得能够自始至终听自己内心的人并不多，宁缺毋滥的人是值得尊敬的。不过有时候感情并不是赌博，不一定会有一个结果，但是过程中经历的故事是足以让我们为之缅怀的。

成熟和幼稚其实不曾分开过，在你爱的人面前，你永远像个孩子一样渴望被疼爱。幼稚背后成熟的你懂得什么时候耍赖，什么时候适可而止地给予关爱。过去是我们每一个人都不愿提起的，而这种不愿被发现的过去几乎都是不被肯定的。爱一个人就要尊重一个人，爱一个人不需要在乎他的过去，而是现在的他是怎样的才最重要。当我们说着不在乎不介意的同时，最忌讳的也就是对方太坦诚，太神情自若地讲述过往。然而一个人的心可以很大，同时又可以变得很小。不在乎不介意是基于爱你的前提，而他的侃侃而谈却是尴尬了整个气氛。一件小小的事情，也能反映出两个人会不会谈恋爱，到底懂不懂恋爱中对方的感受。

栗子说她那时候不接受大叔的爱，是因为心有所属，而那时候的她与现在的男友刚交往不久。因为男友的过去，他们一度争吵闹分手，在那个时候能够选择自己所爱，而不受诱惑，我还挺佩服她的。虽然年轻，但好像有些选择就是因为年轻气盛才做得出来，才显得纯粹简单，没有任何杂质。栗子现在有爱她的男友，有懂她的知己，这让我也十分羡慕。

我想每个人都会遇到一些突如其来的事情，可能是因为感情受挫出现了另一个关心你的人，或者是工作不顺出现了一个开导帮助你的人，也可能什么人都没有出现，靠自己就这么挺过来了。人要学会拒绝，也要学会宽容。一个人爱一个人,不一定会坦诚相待,但一定会想保护自己在乎的那个人。即便自己受伤害，也想照顾他，也想爱他。当你把他攥得越紧，他就会逃得越远。让爱有呼吸的空间,让自己也有喘息的余地，这样才是最舒服的相处方式吧。

愿我们能够保留自己最初的善良与温柔，温柔待人才能被人温柔以待。该拒绝的时候千万别唯唯诺诺，该接受的时候也别让幸福擦肩而过。这世界上有安眠药，可没有后悔药。奇迹也只给努力的人，眷顾你的不是上帝，而是自己。

一开始,我会因为那些擦身而过的幸福替别人感到遗憾，当别人说出自己原因的同时，我又庆幸他们能够选择自己的路一直走。从此之后，我也不再为谁做选择，我想应该尊重那个人的决定。不管别人认为的是怎样，至少自己不会后悔吧，或许背叛了所有人，也不想背叛那个人。感情里的事情，第三者无法插足给予答案，真正能够解脱的也只有局中人，而不是我们这些局外人。

此　生

请　多　多　关　照

尚好的青春里，别太为难自己。

想不开的就别再思考，得不到的也就别要了。在某一个风和日丽的日子里，挥别坏情绪抓住美好的尾巴。不为难自己，开心就好。

我啊，有一个拜过把子的兄弟，就是春狗。春狗还有一个爱得死去活来的女朋友，叫卷卷，让我们这些旁人羡慕得直流口水。那时候卷卷也刚大学毕业，两个人谈恋爱非常羞涩，这么大大咧咧的春狗也有那么温柔体贴的一面倒是第一次看见。

那年冬天下了雪，春狗约我们一大群朋友去他家吃火锅，见识了十分贤惠的卷卷，长得乖巧可人。春狗在一旁帮卷卷打下手，一边帮卷卷擦着汗水，一边还嘀咕着小心点，别弄到手之类的。没一会儿，大家齐刷刷地霸占好位子，拿起筷子准备开动。卷卷一边装着菜，一边为我们倒着饮料。看来小两口的日子过得十分滋润。

那天卷卷说："今天请大家过来聚餐，是因为我可能要去外地工作，因为有更好的发展，借此机会大家聚在一起，就先通知各位了。"原来如此，怪不得急匆匆地通知我们过来玩。"唉，春狗卷卷，敢情这顿饭是散伙饭啊。"我忍不住就直勾勾地讲了出来。接着大家吃着碗里的看着锅里的同时，也都说着不着边际的话，尽量地转移话题，春狗全程都拉着一张脸，没有半点响动。当我又要开口说话的时候，旁边伸来一个胳膊，直戳在我的腰间，原来是想让我闭嘴，避免再说出尴尬的话。我这大神经，终于醒悟。

晚饭过后，卷卷拉着我在客厅坐下聊天。看着她满脸惆怅，我就知道一定是因为刚才饭桌上的那件事。卷卷皱着眉说："房子，我出去之后你就多帮我照顾下春狗，他这人大大咧咧的啥也不懂，你们就多关心他一点，别让他整天窝在家里，我怕他不开心。"卷卷就像春狗姐姐似的，什么都想给他安顿好，可是不管我们再怎么照顾春狗，都不如卷卷的一分一毫，她也心知肚明。"卷卷啊，非得出去吗？在这边发展也可以啊，不然就把春狗带走啊，这祖宗谁伺候得了他啊，只有你能降住这妖怪了。"我这一说，逗得卷卷笑出了声。卷卷转身又低沉着脸："公司业务正在发展，我也想借着这个机会升职加薪。那边开的工资待遇不错，老板说让我过去锻炼下，准备提拔我。我自己也不想放弃这个大好的机会，我知道和春狗分开他不开心，但是我也不乐意啊。不过，真的是一个很好的机会，你也知道我，一心想要改善生活啊……"我见状又想安慰她，又觉着春狗也怪可怜的。"可是卷卷啊，你们两个人分隔两地多可惜啊，换作是我，绝对不想出去，外面人生地不熟的，待在这里也能好好发展的啊，非去不可吗？"卷卷说："我考虑了一个多月，也想过很多可能性，但是我还是准备去试试。""嗯，既然你决定了那就按你的心意去吧，春狗就交给我们了，你放心吧。”

聚餐结束后，我们准备去唱K，春狗说累了想早点休息，卷卷就留下来陪他。我们大家走出门之后，都说卷卷是不是想要和春狗分手啊，不然怎么突然决定说要离开这里，好像春狗一点都不知道今晚卷卷要宣布这事儿的样子。

我说：“你们啊别管人家的事了，卷卷她想要好好发展也没错，分手这事儿我们别瞎猜。他俩感情也蛮深的，不是说分就能够分得掉的，你们还不了解春狗那倔脾气吗？怎么可能放开卷卷呢。”

“可是卷卷铁了心要走的话，春狗怎么拉也拉不回来的吧。”阿金冷不丁地冒出一句话，把我们都说愣住了，也是在理。忽然间想起以前的自己，似乎也遇到过类似的事情。感觉两个人在一起之后会因为一些事情而出现转折的变化，但是难得相遇的两个人如果说因为单纯一个发展就出走到外边，确实有点不舍得。如果可以，我想和你一起走，如果不可以，似乎多了一份思念的煎熬。那几天里，我们眼睁睁地看着春狗茶不思饭不想，天天买醉。我们过去看他的那天，桌上放着一封信，看来是卷卷留下的书信。

我问春狗："这卷卷是不告而别了吗？"春狗没吱声，默默地点上一根烟，凶猛地抽着，一根接着一根，还喝着桌上的啤酒。"我说你和卷卷该不是分手了吧？"春狗还是不吱声，继续抽着烟喝着闷酒。我让阿金去和春狗说说话，问清楚到底怎么了，这事儿是闹大发了呢还是说无中生有啊，简直累得慌。

随后，春狗终于发话了，他支支吾吾地说："卷卷说想要去发展，过更好的生活，为了我们的将来她想要拼一拼。但是，我作为一个男人，得负起这种责任，她说她想靠自己的力量……"春狗就开始默不作声了。"这狗屁不通啊，创造未来这事儿不是得两人一起齐心协力吗？这点还是我家沈从来得明白事理啊。春狗，你现在赶快给卷卷打电话，这丫头是怎么想的啊。"春狗还是无力、贪婪地躺在沙发里，感觉整个人都被吸了进去一样，无法自拔。阿金见状就说："我们还是先撤了吧，让他冷静冷静。"其实说到这里，我真的替春狗捏了一把汗，各种现象都表明了卷卷想要分手的前兆，虽然我们都没有把话说透，估计春狗内心也是明白了。这家伙虽然重情重义，但是绝对不会勉强谁，而且脑筋单纯大条得很，也不会想得那么深。不过出乎意料的是，在卷卷走后的第四天她居然自己回来了。当时我们也不知道发生了什么事，只听见电话那端的春狗声音洪亮且断断续续地说：“卷……卷卷回……回来了，晚上……晚上你们来家里吃饭。”天啊，又吃饭，这次不会又要宣布什么事情了吧，敢情小两口在折磨我们这群人啊。我和阿金面面相觑，只好再去吃一次饭。

7点之后，我们坐着阿金的车到了春狗家。刚进门，阿金那狗鼻子就闻到了饭菜香，趁机伸手从桌上的盘子里偷吃了一大块牛肉，馋得我直流口水。卷卷在厨房忙活着准备做剩下的菜，春狗在一旁打下手，一边帮卷卷擦脸上的汗水，一边嘴里念叨着小心点，别弄到手。这画面又让我舒心了不少，又熟悉又美好，让我们欣慰不少。大家又开始霸占好位子入桌，吃着喝着，又回到以前开心的日子。

在我们仓皇盛开的青春里，永远不知道下一秒会发生什么，出现什么，不知道奇迹和痛苦到底存在多大的意义，但是我们唯一能够明白的就是爱上一个人会为了他义无反顾的勇气。

卷卷在饭桌上说着："我其实当初是真的因为想要有更好的发展，而怕春狗不舍得所以就不告而别了。不过仔细想了想大家的话也是没错，既然我们都是为了更好的以后，那自然要在一起奋斗才有意义，所以我决定回来。"看着春狗和卷卷现在开开心心的，又听了这番话我们心里也就舒坦些。这样一来，还能蹭饭，又能不让春狗得相思病，简直两全其美。春狗这货，真的是没了卷卷不能活一样，简直就是狗皮膏药，粘着不放。

卷卷说："我啊，当时拿着行李出门，看着彼此住过的房子，睡过的床，养的小盆栽和厨房的碗筷，心里真的不舍得。一想到春狗不会做饭，以后吃饭是一件麻烦事儿，春狗不会洗衣服更不会熨衣服，生活就像是三等残废，所以我不放心就一直吃不好睡不好，索性还是回来了。或许这会妨碍自己的发展和工作，但是还年轻可以慢慢奋斗，但是对的人错过就没有了，他是我想要找的那个人，所以不想放手，也不舍得离开。”看着春狗在一旁偷偷地笑，我们大家伙也跟着嘻嘻地笑。这样的场景真像是“大难不死，必有后福”的喜悦感。

那会儿感觉恋爱真的是一件奇妙的事，让人忘掉忧伤，也忘记结果，只在乎与自己生活中那个对的人在一起，义无反顾地决定留下来只因为不舍得你，你是我想要找的那个人，一直没有放开你的手。

春狗是幸福的，卷卷也是幸福的。

一个人因为不舍得而回来，一个人因为爱人离开而闷闷不乐，这不就是感情的羁绊吗？彼此的缠绵中多了几分羞涩和大胆的忘不了。青春浩大，为了爱情可以疯狂一回，为了梦想可以放手一搏，豁出去的感觉很爽，跌落时勇敢的态度也令人肃然起敬。

我们在年轻的时候，要做一些疯狂的事，不让自己后悔的事，等将来时过境迁，也好过一句如果当时我那么做就好了。比起唯唯诺诺谨慎地思考，我宁愿选择冲动大胆地去爱一次，将来的事谁都说不好，或许会在一起，或许彼此分开。

可是在那个想要在一起的时光里千万别离开，不然追悔莫及。得不到的可以不要，但是近在眼前的一定要好好把握。抓不住的人可以放任他自由，但是能够牵手拥抱的就千万别松开。

一路走来，风风雨雨。你若敢爱，我愿相随。面对风霜雪月，看尽人生喜乐。趁着风光甚好，你说了一句“多多关照”，我回你一句“三生有幸”。

趁时光

未老

梦里花落知多少，缘浅缘深好时光。

时光无多，我们要珍惜。满足的时候是快乐，陪伴的时候最难得。

趁着好时光忘却旧岁月，想着心里人便看不见眼前珍惜你的人。

我揉揉双眼，从睡梦中苏醒。四下无人，开始慌张。打开床头灯，时钟停在凌晨4点钟。掏出一根烟，点了火，靠着床背什么也记不起来，直到拿起手机，看到昨晚的短信才拼拼凑凑找到了记忆。喝多断片的自己，一个空荡的房间。

我和大漠认识快五年了，他当初追卡卡用了两年时间，他们相爱交往用了三年时间，昨晚分开他们只用了一分钟时间。彼此转身的那一刻，谁都没有拉住谁，谁也没有多说一句废话。作为一个局外人，我只能眼巴巴地看着这两人走到尽头。

大漠对卡卡说："我对你亏欠太多太多……"而卡卡认为是自己对大漠要求太多，这种和平的分开让我觉得十分愤怒，却又是最伤心的一种。前天晚上，我们还一块儿在大排档喝酒谈天吃肉。我还开玩笑说他们可真是恩爱，赶快把婚事谈谈，好让我们这些朋友参加婚礼，热闹一下。他笑了笑说那是自然。不过事情发展好快，有点无法接受，但是还得接受现实的洗礼。

几天前大漠问我："房子，你觉得卡卡和我在一起过得辛苦不辛苦？"我没有回答，一来是感觉这问题问得有点蹊跷，二来是我也没有在意那么多，谁知道隔天他俩会以分手来结束这几年的感情。

那天晚上，卡卡哭着来找我，边哭边说："房子，这几年我们一起在外面过得并不富裕，一起吃泡面，租廉价的房子，两个人从来没有去外面旅行过一次……”“卡卡，你觉得和大漠在一起辛苦吗？”我想事已至此，按照他俩的脾气，当面不说难过，心里一定是痛苦极了。“你问我辛不辛苦？辛苦是难免的。我和大漠分开，似乎是提前说好了一样，然后大家遵守这个约定似的安静分开，和平分手。他把所有有关于他的东西全部收拾走了，这让我觉得非常残忍。我开始一个人学着去买菜，学着做饭，学着一切大漠曾经替我做的事……”听着卡卡的依依不舍，既然如此为什么两个人要选择分开呢？感情的事情，我明白一个局外人不可能参与那么多，但是我真的替他们可惜。虽说由不得人去控制情绪，但是如此一来，喜剧变成了悲剧。

2012年冬天，我在阿铁的咖啡馆遇见大漠。他认出了我，径直走过来。他淡淡地说：“嗨，好久不见，你变了很多啊。”大漠还是一脸从容，还是从前的那个他。我说：“你也是。”不过一旁冷漠的卡卡，显得有些不自然。大漠接着转向卡卡。他说：“你过得好吗？”卡卡这几年整个人变了很多，也淡淡地回道：“挺好的。”这个尴尬的气氛，让我情何以堪。

我一直用眼神暗示阿铁快来解救我，谁知这个笨蛋一点都不知道我在做什么，让我想找个地洞钻进去。还好大漠说：“一起吃个晚饭吧。”我说：“不了，我还要回去做晚饭，你和卡卡一起去吃吧。”我可不想再被这样的气氛尴尬到自己，还是三十六计，走为上策。大漠开玩笑地说：“你都学会做饭了啊。”诧异的眼神望着我，并且难以相信。我不服气地说：“唉，我咋不能学会做饭了啊，你别小瞧我，插个电饭锅煮点饭我还是会的。”这话惹得在柜台的阿铁哈哈大笑，这倒把尴尬的气氛给缓解了不少。大漠沉默了会儿，还是执意说：“今晚你也别做饭了，大家一起吃个饭吧，很久没见了，聚一聚吧。”卡卡沉默着不说话，我也沉默了会儿，坚持不想一起吃晚餐，主要是我怕麻烦。这两个旧情人初次见面，肯定有很多想说的话，不过看卡卡的表情似乎一点也不想去，所以还是别强人所难了吧。我说：“大漠，我晚上家里有客人，所以真的要回去做饭。”大漠他不再说什么，呆呆地站在那里，我以最快的速度逃离了那里，甚至将要把重要的东西交给阿铁都给忘了。

那天晚上，我给卡卡打电话，问她今天怎么不开心。卡卡在电话那头说：“这种旧情人偶遇，烂大街的剧情我自己还无法好好面对。在没有完全可以承认自己毫无情绪时，什么都不想做，尤其是和他。拒绝是唯一能够让我舒服的事情，不过我在出租车上，突然又觉得遗憾了……”“哈哈哈，那你现在还想和大漠和好吗？我觉着大漠变帅不少，人看起来也沉稳许多，兴许这次相遇是个很好的机会，没准儿是命中注定要在一起呢！”我半开玩笑地试探着卡卡对大漠的情感。卡卡倒是很坦然。她说：“我一直想要给他一个拥抱，当作这么多年他照顾我的感谢，自始至终还是无法做到。我们分得太平静，相遇得太安静，连我离开都显得那么凄凉。”我想也是，这么平静地离开，其中发生的故事卡卡一直都不愿意再提起，我也就没再细问，怕勾起伤心的回忆，又会惹得她流眼泪。

“房子，你知道吗？以前的我认为，分开了无法做朋友，甚至连一般朋友都不能做。这几年我也想通了，其实能够毫无情绪地面对过去，这种所谓的旧情人成为朋友，只不过是加速了成为朋友的途径。无须去了解去沟通，也不用有任何猜忌，只是换了一种身份相处罢了。”卡卡说得句句在理，不过每个人都有自己的原则吧。毕竟每个人都是与众不同的存在，有些人认为分开了就能够做朋友，有些人认为分开了绝对无法做朋友，毕竟深爱过，又怎么能接受朋友的头衔呢。

这次大漠回来，看来是有所安排。闹腾了几天，我就再也没有听到一点关于他们的消息。卡卡最近也没有找我聊天，大漠也没有找我聚餐，连阿铁都只顾着自己的咖啡馆，忙得不可开交。

直到这个月底，卡卡才约我出来见面谈天说地。我们在大排档吃着夜宵喝着酒，她眼里泛着光与我侃侃而谈。我得知那天阿铁约卡卡去咖啡馆坐坐，卡卡当时已经感觉到这是一场预谋。而她，最终还是决定过去。

傍晚6点多，阿铁打来电话催卡卡过去。她就披上大外套，裹得跟个粽子似的。北京的冬天特别冷，卡卡和我一样，从小在南方长大，受不了干燥大风天。脸上经常干得会脱皮，恨不得抹一大瓶乳液在脸上。一个小时之后，卡卡出现在咖啡馆店门前，止住了脚步，愣愣地站了好一会儿。

我突然好想知道结果，着急地问：“那然后呢，然后呢？最后你俩怎么了？快说快说！”

“你别着急啊，听我慢慢说嘛。当时啊，阿铁从店里面探出头来大喊大叫地让我进门。我还特意看了看四周，没有可疑人物，我这才平静下来。”

“啊？那后来到底怎么了啊，你别兜圈子了，快点说重点啊！”

“你别急啊，我以为就我一个人，谁知道阿铁说待会儿有个客人要来，晚上一起吃饭。话音刚落，我的心里又开始躁动不安，一直想着阿铁说的这‘客人’是谁，这‘客人’是我认识的人吗？这‘客人’应该是个熟人。”看卡卡说得津津有味，我又是急性子，不过也不想扫了她讲故事的兴致，就安静地听她说，“那时候，阿铁向我抛了个媚眼，告诉我这客人是个大帅哥，待会儿我见了就知道。阿铁这人你也知道，他那个慢动作的媚眼差点害我把喝下的咖啡全喷出来。反正，既来之则安之。我也就跟着阿铁去了他们订好的饭馆。晚上

8点左右，大家都陆陆续续赶来。人不多，六七个，基本认识。”

“都有谁啊？你们老同学聚会，不把我带上真的太不够意思了啊！”背着我这样聚餐，真的好吗？

“不是啦，我基本都认识，你不熟悉。阿铁知道你这人不喜欢和陌生人聚餐，也就没有喊你。当时阿铁开始忙活着让老板上啤酒上菜，还用筷子敲敲杯子，大声说待会儿他有个好朋友要过来，让我们大家都好好招呼招呼，说那人难得从国外飞回来一次，今晚让大家喝个尽兴。”

“你们又喝酒，真羡慕……接下来怎么样了嘛？”

“接下来啊包厢的门突然就被打开了，进来一个高个子男人，我只用余光看到阿铁拉着那个人坐在我边上。我回头一看，你猜怎么着？”

“这还能怎么着啊，老把戏了，肯定是大漠呗！”

“你也知道是他吧！不过这让我十分尴尬。虽然有预见性的心理准备，但还是有点不自然，身体还是稍微往另一边挪了挪。”看来卡卡还是有点介意和大漠接触，不过我看大漠这人不错。

“阿铁的大嗓门你也知道，又开始吼着说这是他一起玩音乐的朋友，叫大漠，说和大漠认识七八年个年头了，当初一起玩音乐可来劲了。又拉着别人一个个地介绍……还嚷嚷着说来来来，大家先干一杯……”

“阿铁这人……哈哈哈，不过后来你们怎么样了？”

“阿铁一个人跑遍全场介绍这个介绍那个，支撑着整个包厢的气氛，反正不管他在哪儿，都是万能司仪。大家一下子就吃开喝开聊开了，我和大漠时不时眼神对上，我就觉得特别尴尬。一个人低着头吃饭，一边拿着手机假装自己很忙。整顿饭吃下来，大家没吃饱也喝饱了。阿铁已经喝高，在一边打盹儿……”

“那当时应该特尴尬吧？这家伙喝倒了，谁来主持啊……”

“对啊，当时我也急了，不过你应该猜不到，还是大漠收拾的残局。换作是以前，他根本不会那么处理吧。”卡卡边说边笑，似乎在炫耀着什么。

“啧啧，你们旧情复燃了嘛？”

“你别逗我了……”

不过看着卡卡大大方方地和我聊大漠，我心里又惊又喜，这么久，她总算是放下心里的大石头了。现在这么神情自若，遇见大漠这事儿反倒是个运气。

这个大都市，每一个角落都有喝多的人，每一个角落也总有一些失意的人。而我们，是那些喝多、失意之人。此时此刻，我想人生有许多的伤心和快乐，只因为我们自己选择去难过还是释怀，只因为我们放下了还是舍不得。看见他们现在能够自然地谈论着彼此，作为朋友的我心里倒是多了几分安慰。那天，我有点喝多了，不过在思想迷糊中还是听卡卡说她还是很谢谢大漠。

卡卡说：“大漠当时问我是不是还在介意以前的事情，所以才选择躲避他。其实当时我也不知道自己说了什么，总之误会好像是解开了。”“这不是很好吗？”

卡卡说：“的确是挺好的，大漠说他当时和一群朋友弄了个音乐工作室，后来有一个机会去了国外培训进修吉他，现在做制片人的工作，过得也挺充实的，这次回来就想看看我。”卡卡一边喝着啤酒，一边点上一根烟，脸上多了一些难以解读的表情。

“嗯，那挺好的。对了，卡卡。大漠说自己在过去几年里也没找过女朋友，就一直单着，他之前还跟我说过他对不起你。”

卡卡沉默了好一会儿才开口说道：“当初我们分开他都没有说过一句对不起，我也说过我和他互相不要说抱歉、对不起之类的话，总觉得欠别人似的，这感觉真的很糟糕。何况我现在认为，我们之间不需要说这种话。”

“不过也是，那之前的误会有没有说开呢？”

“算是说开了，你知道吗？其实当初分开我的确非常恨他，当然也恨我自己。明明可以大吵一架，然后痛快地分开，就算不爱了不能做情侣，彼此能够做朋友也好，虽然我当初也是想不通……”看来卡卡和大漠已经没有任何芥蒂了，这样一来就皆大欢喜了。

“卡卡，那这事儿你俩可以翻篇了吧？”

“嗯，翻篇了。”看着卡卡现在笑得这样开心，终于又回到以前开朗的她了，回头想想，这不明不白的关系搁在心里彼此都难受。无论什么事情还是要说清楚说明白才好，不然大家心里都误会对方，彼此都过得不自由不快乐。虽然卡卡明知道自己是真的介意这种分开，还有这种相遇，但是还是很感谢有这么一天，可以继续把话说清楚，把从前的遗憾补偿回来。一个真正的好人，不是单纯人好能够定义的。就像卡卡说的那样：“对我而言，大漠是个坏人，只对我好的坏人。”

人生难得一个知己，错过了那么好的朋友真的很可惜。既然有缘做了情侣，无法延续这份感情，那么做朋友，也是最好的选择。毕竟互相懂得，互相知冷知暖，也是人生一大趣事。

“现在我和大漠变成了很好的朋友，能够放肆地调侃对方，能够像个兄弟一样干杯说心事了，这让我十分开心也备感荣幸。”

其实人与人之间难免会有分开的一天，只是这一天不知道什么时候会到来，卡卡和大漠在遗憾和后悔之间夹杂了希望。失去了一次做伴侣的机会，或许有一天遇到已经不再那么爱对方，但是却不想失去这个好朋友。当时的他们因为尴尬，是因为走得太迷糊，也爱得太离奇。卡卡说过他们不需要说对不起，也说过她不需要任何人的道歉也不想说没关系。那几年里谈过的恋爱，被框架死死地围在一起。而她，大漠和我都是朋友，不只他们不需要说对不起，真正的朋友才不会被那些条条框框所牵制，有什么想说的就可以说，有什么想喝的酒就去喝掉，有爱的人就一定要趁早。

我很感动，他们分开的时候不知道会以朋友的身份再次见面，他们分开的时候没有给对方一个拥抱，不过现在他们已经弥补了当初的遗憾和缺失。

我记得 2012 年 2 月 7 日那天凌晨，阿铁、卡卡、大漠和我大家互相拥抱的那一刻。我们互相告别送大漠出国，我们到现在还是很铁的哥们儿。好像那时候我不敢相信情人会变成朋友，也不敢去相信人真的可以抛开过去的旧情成为真正的好朋友，而大漠和卡卡真正放下心里的大石头时，我才明白人活一世，不就是在享受快乐吗？没有什么人是真的不能放下的，也没有什么感情是真的无法释怀的。虽然每个人都有自己的原则，但是原则之外还有一些不为人知的快乐。只要开开心心的，一些小原则就可以变成大自由。谁都不愿意被谁束缚，谁也不愿意多去伤心，多去难过。

时光无多，我们要珍惜。满足的时候是快乐，陪伴的时候最难得。趁着好时光忘却旧岁月，想着心里人便看不见眼前珍惜你的人。待你放眼看去，把眼光再收一收，全是温柔体贴的小幸福。回看过去，傻里傻气爱上那个人，再瞧瞧自己，不过是年轻作祟罢了。

我想

我会爱你

“让风慢慢吹，让鱼慢慢游，将来我们一起慢慢变老。”
你像一阵风，飘飘荡荡，我像一条鱼，寻寻觅觅，假如我们等不到彼此，是不是要一辈子孤单，我能做的一切就是这样慢慢往上游，慢慢地慢慢地等你低下头亲吻我，在这个年纪里我想我会爱你。

那时候，我们还很小，不懂什么爱恨情仇，不知世间人情世故。你说：“我会不会一直孤独。”你还说：“我不想一直孤独。”你最后牵着我的手，带我去天台放烟火，那晚成了我们分别的纪念日。那时候，我们还很小，不懂爱，不懂事，不懂你。

两点十分在咖啡厅，安娜跟我说她的初恋情人结婚了。我顿了顿，看她表情严肃，似乎有心事。我翻了翻工作文件。她问我：“你想听听我的故事吗？”我拼命点头，竖直耳朵两眼放光。安娜晃了晃手中的咖啡杯，断断续续说着她的故事。

“故事还要从2002年说起，刚认识顾晨的时候，他是校篮球队队长，我是一个平凡的女同学。他大我两届，新生报到就开始了军训，我们第一次见面的地方就在操场。我第一眼就喜欢他，发誓一定要做他的女朋友。”听到这里，我很相信安娜，毕竟她有一张非常漂亮的脸蛋，还有苗条匀称的身材，俗话说得好，“窈窕淑女，君子好逑。”“然后呢，然后呢？”心急如焚的我其实很想听重点，但又不想错过细微的镜头。安娜喝光了杯中的咖啡，问我是不是她的故事很简单很无趣，我想好戏应该在后头。

“当时，校篮球队的A学长追我，我爽快地答应了。你一定会奇怪，我为什么会答应。明明一心想要做顾晨的女朋友，却和他的队友交往。那时候的顾晨有女朋友，但是为了能够有机会接近他，我就和他队友也是他最好的兄弟好上了。这样自然而然地就多出了许多机会。那时候我的男朋友全然不知我对顾晨有好感，只觉得我孩子气喜欢和顾晨闹着玩罢了。久而久之，他这傻瓜居然也习惯了。你一定会觉得我很贱吧。”

“嗯，这的确很贱。”我也实话实说，不过这种做法的确需要勇气，换作是我，铁定下不了手，想想还是很佩服安娜的。我做不到为了喜欢的人能够做到这样，也许在我看来这就不是喜欢了，只是单纯的占有欲。

“我不否认我对不起 A，但是我也不否认自己是真的喜欢顾晨。虽然是一见钟情引起的祸端，但之后的交流中我发现自己已经失控了。我想顾晨应该是明白我的心意，之后的日子里他刻意躲避我。就这样，我们那群人过着无聊的大学生活。每天除了学习就是和 A 约会，除了和 A 约会就是学习。顾晨似乎消失了一样，一直再没有出现过。”

虽然安娜大我很多，但是她对爱情的热度保持得非常好。我想，她是真的喜欢顾晨，继而才对不起自己的男友。

“我美好的大一生涯，仿佛在和 A 玩过家家。男友很成熟技巧很好，每次亲热都会把我伺候得很舒服，我也喜欢和他上床，和他发生关系。偶尔的时候，和男友亲热，幻想是顾晨在上我。”

听到这里，我差点跌破眼镜。想想他们那时候这种行为这种思想也是够前卫的了吧。安娜还是一本正经地说着自己的故事，我确实开始佩服她的勇气和作为，至少我做不到。有那么一点颠覆我的三观，但是我越听越来劲。

“有一天，顾晨突然出现了，他跟我们说他和女朋友分手了。我自然是欣喜若狂，脑海里跳出来的全是和顾晨在一起的样子。当然，那时候我已经忘记我是有男朋友的人了。那时候我就开始不停地给顾晨发短信，半夜骗男友说累了要睡觉，其实常常约顾晨出来陪我散心。一开始，他拒绝了我很多次，我说我和 A 好像处不下去了，我也不知道现在自己该怎么办，毕竟 A 是顾晨最要好的兄弟，他自然就会出来开导我。那段日子，虽然都是顾晨安慰我要和 A 好好处，他多么多么好，多么多么喜欢我，但是我似乎都听不进去，只想和他在一起。在我看来，这应该是偷情吧，我很喜欢这种刺激。深知对不住 A，但我还是这么做了。之后的我和 A 试着分手，他对我死缠烂打就是不肯分手。在我单方面认为我已经不是他女友的情况下，我还是继续约顾晨出来。当然剧情很烂，有一晚我喝多了，他也喝高了。我们在回宿舍的路上，我执意要开房睡觉。僵持了一会儿，我说开一个标间，你睡你的，我睡我的。”

“那……那你们真的各睡各的了吗？”事情进展到这一步，我自然是非常好奇。

“我怎么可能放过这样的机会，我在房间抽烟，那是他第一次见我抽烟。他说他累了先去洗澡，我就在房里看电视。等他出来，我那时候脱光了身上的衣服。”

“脱光……脱光了！”“嘘。”不小心声音太大，引来周遭陌生人的异样眼光。我也一口气喝光了杯中的咖啡，我越来越觉得安娜这个人真不是盖的。想到这个，我居然和自己的上司面对面聊着这种略赤裸的话题，作为 21 世纪的新新人类，我觉得自己弱爆了。

“你知道吗？其实我也很害怕。害怕自己追求的爱情，害怕是占有欲蒙蔽了双眼，被欲望冲昏头脑的肉体却控制不住地触摸他。他拒绝我，他一次又一次推开我，但是我知道，他对我是有好感的。从第一次见面开始，他一直都在心里面压抑自己的感情而已，他和他女友之间的恋情已经成了疲惫的长跑赛，我的出现无疑增加了他生活中的乐趣。我开始吻他，我开始挑战自己的忍耐极限，没错，他又推开了我。可是那天晚上，我怎么可能就这么罢休呢。在我强烈的攻势下，我们还是做了，而且很快乐，很疯狂。即便他说他对不起自己的兄弟，在我看来是很渣的一句话，但我也没那么单纯如初。那时候，我觉得我们很合适，贱得刚好，做得有一手。那晚我们就这样‘偷偷’在一起。A 对我还是纠缠不休，每天来教室找我，来宿舍楼下喊我名字。我偶尔也会下去和他见面，他就是紧紧抱住我，重复着同样一句话‘不要离开我’，那时的我完全是铁石心肠。我说我有了新的男朋友，他气急败坏的模样似乎想要杀了那个男人，咬牙切齿地问我那个男人是谁，就和那老套的爱情悲剧一样。我的大一生活完美落幕，还有一年，他们就要毕业，而我还会待在这个死气沉沉的校园里，想到这里，我开始不甘心，不甘心一直这样躲躲藏藏地谈恋爱。”

安娜看着我笑了笑：“你会不会觉得我很差？”我竟无言以对。

“也罢，一向雷厉风行的我自然掩饰不了那么久。后来，我实在是被烦得要命，就直接和A说我的男朋友就是顾晨。你也知道，这样的情况下，A和顾晨的兄弟之情就瓦解得一干二净。但是，A突然就不再烦我，不再吵我，也不来找我了。想想，还真的有点寂寞。我其实很喜欢A，大多只是依赖，喜欢他的拥抱，喜欢他的甜言蜜语，喜欢他任性爱我的模样。人啊，真的是贪婪的动物，永远都不会满足的。今天你尝到了甜头，往后你会更加追求欲望。继而慢慢吞噬，无法自拔，说的就是我这类人。我可能永远不会明白知足常乐的真谛，也不想过平平淡淡的生活。事情败露，我的名声开始差了起来。脸蛋儿长得漂亮，身材再好也无法完全堵住那些人的口。但是顾晨不会那样看我，我什么都无所谓，只要他爱我，他在我身边就好。这就是我，安娜。”

我什么都无所谓，我什么都无所谓，只要他爱我，只要他爱我。这话听起来多熟悉，好像每一个深爱过的人，都会有这么一出不可或缺的戏码。不断上演，重复伤害，然后各自离开，不再问候。在这个年纪，我们剩下的热情还有多少，我们可以挥霍的青春还有多少。我问自己到底多爱那个人，我爱他胜过爱自己，我爱他的时候忘记自己，我爱他的时候奋不顾身。安娜说，这就是她。

“在和顾晨交往的时间里，我享受到了一切我想要的快乐和幸福。他毕业那年，我们就分手了，是我提的。我说你在外面的花花世界里，难免受不了诱惑。我不想那么焦虑，不想每天都在恐惧担心中度过。我们分手，我们暂时分手。我就是这种人，不容许别人背叛我一分一毫，但是自己却可以辜负所有的人。我很自私，的确很自私。等我毕业之后，A 找过我，他通过朋友联系到了我，希望能和我见一面。我答应了，那时候的 A 真是很风光，自己开了公司，开着价值不菲的跑车，难道是要报复我当年的背叛而故意显摆给我看吗？那时候，我是这么想，但是我无所谓。我安娜什么都不在乎，我想要的我都会得到。这些打击根本对我没用，事情却恰恰相反。他想重新和我在一起，这傻子真的很傻。全天下最傻最傻的男人了吧，漂亮的女人身材好的女人一抓一大把，他却还是拼命缠着我。”

说实话，我还挺羡慕她。那个学长对她一片痴心，即便她做了苟且之事还是喜欢她。全天下最傻最傻的男人了吧，我想他也是。

“A 跟我说，他现在能给我一切我想要的东西，但是他只想要我。唉，回想起来当时还挺感动的，那时候念这个大学还念对了，遇到这种人，如果是朋友真的是一辈子都值了。我其实真的很幸运，他是真的喜欢我这个人的脾气和性格，而不是单纯因为长得好看喜欢。直到那时候，我都猜不透 A 到底是有着什么样的理由这样丢不下我。而我安娜这种不要脸的女人，面对这种男人竟然开始有了羞愧心，但只是局限于对 A。直到那时候，我才发觉自己对顾晨的爱是享受刺激，是得不到的东西偏偏想要的心情。对 A 的那种依赖，才让我最放松。”

“我突然觉得 A 好可怜，偏偏遇到了你。”

“喂喂喂，好歹我是长辈，不要把我说得那么糟糕啊。”安娜开始着急了起来，我偷笑她终于露出了屌丝气息。认识安娜，也是我人生中一个奇妙的转折点，她从不让我喊她Boss（老板）或者喊我们彼此该有的称呼，她不喜欢把真实的名字告诉其他人，她说她喜欢安娜这个名字是有原因的，但是至今为止我都不知道她为什么喜欢这个名字，应该是和大学里的那些人有着不可分割的关联吧。而我现在开始从来没有喊过她一次Boss，也没有叫过她一次姐姐。

“其实今天和你说这个故事，或许也不是心血来潮，是觉得这个事情对我而言非常重要，而我喜欢和你聊天的感觉，你会觉得不对就说，但你会听下去，还会不带任何情绪地听我说，这是我最舒心的一点。”

安娜这家伙！我暗自窃喜。

“当然，我是不会答应和A重归于好的。我拒绝了，拒绝了眼前的一切诱惑。没有任何原因，就是觉得自己有点配不上他了。既然我都这么潇洒地过来了，绝对不会甘心以这样的姿态去面对这个重要的男人。我花心于顾晨和他之间，曾经一直犹豫不决的我还是选择了顾晨，抛弃了A。现在的我，实在是不甘心。”

“不甘心？”我问安娜，“为什么会觉得不甘心呢？他这不是向你宣战，是向你示好啊。”

“正因为如此，才会觉得不甘心。我当年一个人离开重庆，孤身来到北京。第一份工作就是平面模特，对我安娜来说，有机会我就抓住，有什么好的男人我就要得到，就是这么简单。”

“唉，站着说话不腰疼，要让我要脸没脸，要身材没身材，啥都没有去北漂绝对饿死。”

“如果什么都没有，就多读书了吧。”我再一次无言以对，听上去好像是这么回事儿，“不过我可能命中注定要和那个人在一起，也可能是我自己开始想要追求看看想要的东西。我也没什么大的能耐，当时在北京也不算辛苦，比其他北漂的人要幸运得多。因为我会泡男人啊……”说到这里，安娜就开始笑了起来。不过我知道，那笑顶多算是自嘲吧。她从很早之前就和我说过，自己是靠男人才有现在这样的生活和事业。她说她上过的男人，简直和北京的车流量一样。那时候我只顾着笑，只觉得她是在跟我说笑。

安娜跟我说的所有故事中，没有一件关于家人，也没有一件是自己吃过苦受过伤的事。似乎永远都在讲述自己多么多么糟糕，多么多么蛇蝎心肠，多么多么仗势欺人。然后，终于爬到了自己想要的顶端，活了下来。

“想要包养我安娜的男人要多少有多少，但是真正能给我要多少有多少荣华富贵的确实不多。我 22 岁那年，你还是个小不点呢。” 我也只能是无奈地点点头，事实证明这个理论是完全正确的。安娜永远有说不完的故事，我永远有一种听故事的心情。刚好，我们互补。

“那年，我怀了别人的孩子，这是第一次怀孕，当然我是害怕的，但是理智告诉我必须面对现实。就这样，我拿着孩子当筹码要挟那个男人，一个不能被人发现的秘密，一个其乐融融的家庭，怎么会让一个未出生的孩子给破坏得一干二净呢。他当然是给了我一大笔钱，足以让我活得风生水起。这种人还真好骗，我当时这么安慰自己。可是，我的确是怀孕了。这件事让我害怕得睡不着觉，看着户头上的金额，再看看自己这副模样，孩子到底怎么办？我以后该怎么办？”

“孩子……打掉了吧？”我没见过安娜有什么孩子，我想应该当初是没有留下来。

“嗯，打掉孩子可能是我人生中最后悔的一件事了吧。当初一心想要权力金钱，已经完全失去了理智，还自认为自己这个决定做得很对。当时去医院，躺在冰冷的病床上，我又开始反悔了。我决定把孩子生下来，那一次不知道自己是冲动还是理智，反正当时我铁了心要保住这个孩子。拿着那笔钱我消失了很久，一个人去外地把孩子生了下来。之后我又再次回到北京，所谓的孩子的父亲联系到了我，当时我特别害怕，因为我没有遵守约定，以为事情曝光会被封杀掉吧。毕竟对方是有头有脸的人，那笔钱纯粹是看在喜欢我的分上打发我走的吧。现在如果被发现，我和我的孩子都会完蛋。结果又是相反，我的游戏还没结束，原来还在继续。他在那几年一直派人盯着我，本来想等我生完孩子就见我一面，没想到我又直接来了北京。他派人来接我和他见面，他在生意上出了问题，自己可能无法脱身了，但是想见见自己的儿子一面。我当然是拒绝，这孩子是我的，和他半点关系都没有，现在没有，今后也不会有关系。他曾经和我说过，自己的婚姻都是家族婚姻，自己的事业都是家族企业，自己能够做选择的事情几乎没有。遇见我那天，是他第一次觉得自己想要做出一次选择，哪怕是错的也好。可我还是拒绝了他和我儿子见面的条件。”

我想安娜有她自己的原因，我想所有在流星滑过时许愿的人都会实现心愿，我想每个人都以为自己是个例外，才会觉得我以为、我想、我能、我可以不可以吧。之后的故事安娜再也没有半点笑容。我很庆幸的是她能够跟我说她的故事，我也很庆幸能够认识她。

那天，故事没有说完。直到凌晨 5 点多，安娜发了条短信给我。早上起来，我看到信息明白了一切。原来安娜不提及半点关于孩子的事情，是因为在那一年孩子也跟着所有的梦想和爱情一起碎在了那个叫北京的城市。我不知道什么时候才能拼凑完安娜的故事，我不知道安娜到底为什么喜欢安娜这个名字，我也不知道她为什么喜欢喝不加糖的苦咖啡，我想她有她的原因，因为她是安娜。

在这个年纪，安娜说如果当时她是风儿，她一定会吻鱼。如果她是鱼，就不一定会被风儿所亲吻吧，所以安娜是一阵风，那个人一定是一条幸运的鱼。在这个年纪，她说她可能会爱他。安娜说："A 现在过得不错。没有我，也可以很好。而和我在一起，他或许不会像现在那么好。我想结局是怎样谁都不可能预料到，而我知道通常你越奢望那个结果往往却是颠覆逻辑。"

夜幕开始降临，繁华的都市被灯红酒绿所包围，你在哪里失眠，他在哪里喝醉，我又该去哪里？看着同事们接二连三地走出办公室，看着越来越远的人群，有时候想想还真是寂寞呢。隔壁桌的宅男同事也恋爱了，对角的眼镜妹也找到自己的白马王子了，而我一直在这个年纪里徘徊、张望、等待。

"嗨，发什么呆呢，去喝一杯，顺便听听我的故事吧。""走。"

不　如　我　们
在　一　起

做不了好人，做不来坏人，想做你的心上人。

你看你，在街角吃着美味烧烤，忘记擦掉嘴角的酱汁。我看你，一串接着一串往里塞，你的模样和你的头发，我都爱。今天天气那么好，不如我们在一起。

沈丛是一个会写诗会画画会打篮球又会说情话的全能型选手。

我们认识的时候，我在老街吃烧烤，他在不远处看着我。那会儿他心里在想：这姑娘可真会吃，不过看她吃东西也确实有点享受。从我们在一起以后，他就把我当成一块宝，还说以后有出息了一定去我家里提亲，而我最害怕的就是如果那些所谓的承诺做不到该怎么办。以后的路还很长，没有人会知道发生什么，我只想过好眼前的每一天，和你的每一分每一秒。我很了解他，所以太了解一个人就会把人看得透透的，在你眼前似乎都是裸露的。而他总是不太懂我，也总是笑着说："这样很好，以后的日子那么长，我慢慢来了解你，照顾你就成。"也对，未来太长太模糊，了解的时间的确是绰绰有余。可是当一个人真正需要被保护真正需要被清楚看到时，倒挺希望对方是了解自己的，但过于奢求就会生病。

和沈丛同居的第577天，我们第一次吵架没有理会对方。因为前男友打来一通要求和好的电话，沈丛认定是我和前男友在与他交往的一年半时间里一直保持着联系的状态。他或许觉得我们彼此给彼此的空间和自由，惯着我居然和旧情人暗地里私聊。我明知道自己受了很大的委屈，要是以前的我，绝对不依不饶到天涯海角不停歇。但是这一次只是随便地说了一句："你爱怎么想就怎么想吧。"然后再也没有半点解释的样子回房睡觉。我们第一次打破了原先定的相处规则，说好绝对不会生气超过3个小时，这也是第一次我们没有一起睡觉。他没有再来哄我，我也没有为他按摩半下。以前的我一定会努力为自己解释，然后一定会很生气大声地指责他错怪我，抱着誓死的决心要讨回一个公道。然而我却没那么做，躺在床上想了很多种可能性。“比如我是不是应该去解释？”“比如我是不是爱得累了。”“比如我是不是不喜欢沈丛了，所以连解释都懒得说出口。”“还是说沈丛真的当真了？”

那天晚上，他居然换了衣服准备出门，我心里很难过也很生气。难过的是他也压根儿没想听我解释，生气的是这时候还出门是不是太随便了一点，拍拍自己的胸口努力压抑着心里的怒火。我很清楚自己的脾气，要么不发脾气，要么就一塌糊涂，我都快不知道该如何生气该如何收场。索性，爱咋咋地，你出去了就出去呗，我一个人睡这么大的床最好。晚上11点30分，门“啪”一声关了，这会儿我又担心他出门去做什么，一直在想着他会不会出什么事，会不会去见老情人，会不会……最后以他应该是去阿金酒吧喝酒为答案不再担心他。第一次在家里有种孤零零的失落感，莫名其妙有了第一次想要分开的冲动。洗了个冷水脸，更是清醒得不得了。

凌晨3点他还没有回来，我穿好衣服也准备出门。当然我不是因为太过担心去找他，而是因为太难过了想出去喝一杯。打了一通电话给阿金："沈丛在不在你那里？"阿金说："没在啊，怎么了？"我说："没事儿，就问下，挂了啊。"他不在阿金那里，也不在楼下大叔的店里，大街上几乎没有人影了，他到底是去了哪里？不担心，没有担心，根本不用担心啊！在大街上，两手插袋，故作镇定。挂了电话之后，还是觉得不甘心，一个人独自去了阿金酒吧，3点35分我到场。阿金准备打烊。我说："给我倒杯酒，你要关门的话就先走，我待一会儿，回去了给你锁上，你把后门钥匙留给我。"

阿金看着我自言自语一大堆，也就开口问道："怎么，两口子吵架了吗？"

我压着嗓子说："没事，你先回去吧。"

最后他死活不肯走了，硬是陪我喝到了早上6点钟，后来是怎么回家的我都不记得了，醒来都已经下午4点了，床边的豆浆和饭团早已冷了，拿到厨房开始热着不知道谁买的早点，坐在客厅里一个人吃了起来。吃着吃着眼泪直流，妈的，都还没有分手呢，不就是吵个架，怎么就觉得特别难受和委屈，芝麻绿豆的小事怎么就感觉世界都摇摇晃晃了。随着酒精的后劲，一会儿晕头转向，一会儿啃着饭团喝着豆浆。这时门突然开了，沈丛看着一脸憔悴的我，上前抱住我，这下我哭得更大声了。

他抱着我安慰我说："对不起，对不起，对不起……"

说实话那会儿我心里的气一下子就没了，就是觉得自己现在这副狼狈摸样挺傻的，想挖个三千尺的地洞钻进去就对了。可是我还是狠狠咬着他的肩膀不肯松口，他没有喊疼，也没有再怪我。

他说："我们以后不要不理对方，你不也说要一起奋斗、一起生活，然后再一起生孩子的吗？所以，我们以后再也不要这样吵架了，昨晚的事情是我小心眼，对不起。"之后的日子里，沈丛对我更是百般疼爱，我也对他一如既往地迷恋。人们说情侣之间需要偶尔吵架来磨合，然后适应对方。那次吵架我并没有解释，他也没有再过问。可是我就是一个小心眼的人，以为他只是因为太过爱我太舍不得我，才会默认以为那事可以原谅，就怕这样，所以心里一直有个伤疤。从那以后我们都不怎么生气、不怎么道歉、不怎么哄对方，因为没有争吵了就没有必要说对不起。

有一天，我们坐在客厅里看电视，我躺他腿上说："沈丛，我们两个是不是好久没吵架了啊？"他说："不吵架还不好吗？"我说："嗯，好是挺好的，不过觉得好陌生。"

他沉默不语。我沉默不语。

有一天，我们躺在被窝里看电视，我靠着他的肩膀说："沈丛，最近我们都没吵架，好神奇呢。"他说："不吵架，还不好啊？"我说："嗯，好是挺好的，就是觉得越来越陌生了。"

他沉默不语。我沉默不语。

有一天沈丛半夜 12 点多回的家，整个人醉醺醺的臭得要死。我说："沈丛，你要不先躺一会儿，我给你倒杯水去，等下，我有话想对你说。"没一会儿他居然在客厅沙发上直接睡着了。我蹲在他身边，静静看着他，不知怎么的就特别想哭。眼前这个同床共枕快两年的男人，不知道是第几次让我觉得陌生了。摸着他的脸，我感觉自己快坚持不住了，心疼他的同时也心疼自己。我宁愿大家把话说开来，也不要这样故作平静地各忙各的事。一个小小的心结却给我们的生活带来了那么多的麻烦，之前前男友一直打电话来，索性今天我就回了一通电话给前男友。

电话接通了，没等前男友开口说话，我就直接赶鸭子上架了。“拜托你以后不要再给我打电话不要再联系我就算哪天在路上遇见就当作我们是陌生人！还有不要再打到家里来，也不要打我的手机还有沈丛的！”一口气说完那么多话，顿时觉得自己脑缺氧。电话那头传来了弱弱的声音：“你真的很爱那个男人吗？他真的有那么好吗？他对你诚实吗？他爱你吗？”不知道为什么我一下子就慌了，怕他说沈丛的坏话立马就挂断了电话。沈丛是爱我的，他当然爱我啊，他只爱我一个人，没有谁可以抢走他，绝对不允许任何人破坏我们之间的感情。自言自语了一会儿，走进浴室洗了澡，拧开水龙头，喷头的水很大，水落到地砖上的声音很大。我蹲在浴室里一个人哭了起来，洗个澡哭一场就什么事情都过去了，什么事情都没有了。有人说你喜欢一个人的时候什么都不介意，当你和对方在一起的时候你又会介意多多。现在的我只想静静地待在沈丛身边，然后慢慢等他醒来，再给他递上一杯温开水而已。意识把我拉回到现实里，去厨房烧了水，泡了一碗方便面。等到杯子里的开水渐渐变成冷水，沈丛居然这时候醒了。我递上水给他。他问我："你一夜没睡吗？"沈丛摸着我湿漉漉的头发，起身拿来吹风机把我头发吹干，把我抱到卧室，躺在他怀里哄我睡觉。那一刻，我觉得我们回到了从前的日子，踏实安心也没有束缚更没有陌生感。

他说："我去见过你前男友，他也说了是他自己联系你，你都没理睬他，如果我对你不好，他说还会揍我，如果我弄哭你一次就揍我一次，这家伙也够野的。"这时候的我再次像个傻瓜一样，想要挖个三千尺的地洞钻进去："我刚还凶了他，让他以后别再联系我，那我是不是语气太严重了啊……"沈丛像个大人教导孩子一样，语重心长地说："不会，改天我们请他撮一顿不就好了。”我扑哧一下笑了出来，立马感觉过去的伤痕像用了什么神奇的狗皮药膏，突然就不见了。沈丛的笑声似乎有治疗内伤的效果，我一下子就全好了。我们还是像往常一样，做爱做的事，吃爱吃的食物，我听我的抒情歌，他玩他的音乐，我写我的书稿，他画他的插图。其实前男友也是痴情种，不过对于背叛者唯一的办法就是分开，对我而言只有这个结果。我的确忍受不了背叛，不管多么爱多么不舍得，总觉得一个人爱你就不会做出伤害你的事。每个人的原则不同，但是我的底线就是不能背叛。不管再怎么后悔与补救都无济于事，是我绝情也好自私也罢，这都是无法原谅的，哪怕原谅也不会重归于好。就像沈丛说的：“有些人，到最后全都原谅了，也全都变成点头朋友了。”与背叛者的唯一关系就是，没有关系。

沈丛很努力地工作和画画，我也很努力地工作和写作。我们的生活回到了最初的激情和狂热。那晚在天台，我俩一起喝着酒，他弹着吉他，唱着不知名的情歌，不过他写的歌曲不管多么糟糕我都觉得是他努力的结晶。我哼哼唧唧地唱着他写的歌，经常被他笑着说我跑调到不知所措。沈丛的第一首歌是写给我的：

她

她是我黑暗世界一颗闪亮的星星

照亮我整个生命 活在我的世界里

我清晨里的一抹微笑

我夜晚中的一个拥抱

她 飞舞的长头发

和 性感的连衣裙

拥抱住我整个世界

安慰我空虚的整个世界

我爱你

我真的爱你

我们说好不会变

我们说好会在一起

她是我的宝贝

她是我整个生命里最闪亮的一颗星星

她是我整个生命里最闪亮的一颗星星

送给最亲爱的你

后来的岁月里，我们也有过争吵，也有过拥抱，也有过释怀，也有过短暂的分离和说再见。

“沈丛，我们分手吧。”

“为什么？”

“太累了，暂时分开吧，大家都冷静一下。”

“我不想分开。”

“沈丛，你前女友找你，我也不开心。”

“就像你前男友找你一样，我也不开心，但是我不会回头，你知道的。”

“沈丛，你对我真好。”

“你是我唯一的亲人和爱人，不对你好担心会把你弄丢了。”

每一次吵架都是千奇百怪，而每一次和好都是一个模样。

沈从总是有魔力，让人分不开逃不离。即便你走到外面世界兜兜转转一圈之后又会回到他的身边，而他永远都在那里等着我回去。这样的安全感是我一直都在寻找的寄托，这样的男人是我理想中的完美恋人。他总说我太疯狂，却痴痴迷恋；他总嫌我太唠叨，却一直愿意被我念叨；他总是怕我离开，所以一直牵着我的手。我突然觉得这个大男孩其实并没有那么坚强，突然觉得这个男人也有脆弱的时候，想抱抱他好好和他在一起，心里默默发誓绝对不会再说离开他，也不会先一步在他睡着之前转身走掉。沈从为了出版他的插画，没日没夜地熬夜创作和找寻灵感。我就常常写一些场景类的情话让他找感觉。他真的很拼命工作，很努力很刻苦。有时候我早上醒来的时候，看见他趴在电脑屏幕前，憔悴的脸让我心疼。有一次去阳台收衣服意外地发现外面的烟灰缸里全是烟蒂，我想他估计是怕烟熏到我影响我的睡眠就走到外边去吸烟。虽然是一件小事，我却觉得他心里有我感觉真温暖。

人们常说，谁先动情谁先输，可偏偏有人不管输赢，就是爱你。

没日没夜地工作，没日没夜地画画，沈丛慢慢变得脾气暴躁了起来，很多小事一不顺心就显得特别没有耐心。我提了一个建议："沈丛，要不咱俩去外面玩几天，散散心吧。"他也爽快地答应了，准备好了旅行要用的生活用品和换洗的衣服，我们在一个大晴天去了云南。干脆走，疯狂玩。

第一站我们去了古城丽江，他带着相机总喜欢给我拍照片。一个十级业余的摄影者装得和专业玩家似的。我喜欢买很多小玩意儿，沈丛就说我买那么多回去你又不会用。我就喜欢他念叨我,然后我就是任性地买买买。喝了好喝的芒果汁，吃了咖喱鸡肉饭，逛了一天，玩了一天。回到房间，放下一天的收获，我们洗完澡休息片刻就又出门了。夏日的丽江夜晚来得特别迟，华灯初上，酒吧一条街闹哄哄的。我吵着要去喝一杯，沈丛拉着我说出来玩就少喝点。我非要去，撒撒娇说："既然出来玩了，就要开心点嘛，咱们少喝点，好不好，就一杯！就一杯还不行嘛！"沈丛拗不过我，只好跟着我进了一家名叫"樱花屋"的酒吧，听说是一家艳遇酒吧。我们找了个位子坐下，迎面而来的服务员穿着古装，面带微笑显得特别亲切。我们点了酒点了小吃坐着聊天。

“沈丛，给我点一根烟。”我摆着一个 Y 的手势冷冷地说道。

“干吗，装纯吗？”沈丛居然不屑地瞥了我一眼。

“啧啧,来酒吧玩让我装一下会死吗？不要揭穿我好吗？还能好好玩吗？！”

沈丛坏坏一笑，递了一根烟给我。

“只能抽一根。”

“我去，也太小气了吧。”

“那一根也别抽了。”沈丛拿着一根烟，吊儿郎当地吓唬我。

“好好好，沈大爷，就一根。”为了感谢他，送他一个超级无敌香香吻。

当天酒吧正好在搞走场活动，我伸长了脖子兴致勃勃地瞧着人群中央。这时沈丛说：“不准你去参加。”然后便拉着我坐下。我一想不对劲儿啊，难道他知道些什么。我硬是穿过人山人海的观众来到主持人在的中心位置，仔细听着参赛内容和规则，越听越来劲。看到远处的沈丛眼神如饿虎，就好像要把人吃掉似的可怕，心里不禁哆嗦了两下。主持人说要参赛的朋友可以举手表示，我第一个就伸直了手臂，主持人把我喊到台上，说要我找在场的任何一位异性。我心里盘算着，这下好玩了。我指着远处沈丛坐着的位置，对着话筒说道："主持人，就他了。"沈丛两眼呆呆地看着我，被人潮推了过来。哈哈哈，真是开心到爆。他一脸不情愿，尴尬地挤出一丝微笑。

"这位先生，怎么称呼？"

"随便。"

"好的，随便先生，这位女士邀请你一起完成任务，接下来你们……"我简直快要笑喷了，沈丛说随便也就算了，支持人竟也合作愉快地这么忽悠观众，我竟无言以对。

总之接下来的规则沈丛是听得一头雾水。我就知道，我靠近他对着他的耳朵说了整个游戏过程的内容，他瞪了瞪我还是无奈地参与了。总共三队选手，比赛的内容是两个玩家一组，然后用嘴来完成整个游戏，两个人嘴巴中间隔着一张纸牌，从这头到那头，哪组拿过去的牌最多哪组就获胜。我本来就琢磨着这游戏非常适合我和沈丛啊，在家里的时候我就无聊和他玩过这个游戏，虽然他也是极其厌恶，但是在家里玩至少没人知道。现在当着这么多人的面，我想他一定是不好意思。因为我发现来这里的人基本都是单身女性组团，要么单身男性组团，或者一个人，等等，玩这个游戏我俩很有优势嘛。毕竟陌生人和情侣玩这个游戏，显然我们不会那么尴尬，我偷偷地笑着。比赛哨子一响，我和沈丛得心应手地开始了，一切都很顺利，获得第一名的奖品自然不在话下了。不过不知道下一次来这里会是什么时候，但是今天玩得很开心，也很痛快。沈丛刚开始还不乐意来着，玩着玩着也露出了开心的面容，其实也并不是我爱玩这游戏，只是他心情本来就很压抑，出来了就一定要让他放松，一定要让他开心。反正后来我是已经喝高了，他还是老样子，面不改色心不跳地挑衅道：“大小姐，您这是不行了吗？”

“我去！”居然借着自己酒量好，这个时候落井下石，太卑鄙了……我已经趴在桌上不会动了，虽然意识清醒，但是身体挪不动半步。沈丛背起我走出了酒吧，感觉好丢脸啊，虽然已经是家常便饭了。

“我说，你该减肥了，要不以后就少喝点啊。”怎么看着沈丛的后脑勺我都能联想到他此时此刻一副多么嫌弃我的表情。

“不要，不要，不要！我偏不！”

“那以后就少吃点，你那些藏在柜子里的零食改天我帮你送掉吧。”

“不要，不要，不要！敢动我的零食我跟你没完！”一路上吵吵闹闹终于回到房间，把我放到床上，他躺在我边上说：“你今晚不洗澡别想睡啊。”

“我洗不动，不洗了，就这么睡了。”说实话，那一刻我心里还是惦记着我的零食到底会不会被送掉。“啧啧，一身酒味居然不洗澡就睡，还是女人吗？”

“不是不是，就不洗了，要洗你自己洗。”开启无敌癞皮狗模式，准备憨憨入睡。说完哈哈一声倒头睡去。第二天起来发现沈丛在贼贼地看着我，我后脊椎骨一阵凉意，掐指一算，大事不好。

“你还记得昨晚发生了什么事吗？”看沈丛邪恶的表情，我努力回想昨晚回来之后到底做了什么丢人现眼的事，可是大脑一片空白啊……

“咱们……咱们得了第一名！。”

沈丛坏坏地冷笑一声说：“对，得了第一名。”

接着任凭我怎么折磨他，他就是不告诉我到底在坏笑什么，不过大概也猜到了一二。觉得自己丢脸丢到家也就算了，还丢到丽江来了，阿门。在丽江玩了3天，第二站我们去了泸沽湖。清澈的湖水，蓝天白云像是掉入了清澈的湖里面，尤其干净温暖。沈丛给我拍了照，我找了路人给我们拍了合照，他不好意思地牵着我的左手，我用右手紧紧环住了他的腰，这才让他安心了一些。毕竟他还是喜欢搞笑幽默时候的我，这样似乎能够让人放松紧张的心情。出来玩就是要开心，其他不重要。美丽的泸沽湖是让人想要居住的地方，这里的摩梭人充满了神秘。不穿高跟鞋，陪你走在人生的风景里。我和沈丛坐船游湖，手牵手像儿时去春游的孩子一般。我们一路欢声笑语，没有多余的杂质。坐在船上，好想跳入湖里游泳，我这么想着。

沈丛说："别想了，你又不会游泳，那一副憧憬的眼神是什么鬼……"随后发出一声冷笑，这就是传说中——破坏意境的王者!

"我去，我都还没说出来呢，你怎么知道我想什么？！"

"你那脑袋瓜里还能想什么，也就这个了。"这人真的是没有办法一起好好玩耍了啊。划船的师傅看着我们打打闹闹，不禁在一旁发出感叹："唉，年轻真好啊！"

吃过晚饭后，我和沈丛来到名族村一起参加篝火会。人们都很热情，气氛很热闹。沈丛开心，我也开心，大家伙都开心。

之后我们去了西双版纳。

西双版纳简直就是原始森林，对于长期生活在都市中的我，看到热带雨林的风光，简直被亮瞎了双眼。非常喜欢那种古老的民族风情，悠悠的历史特别能勾起人的驻留欲望。我想沈丛的眼睛告诉了我，他也是真心喜欢。我本身就是一个大吃货，西双版纳的美食更是让我流了一地口水。沈丛在一边净说"有点出息啊"，一脸无奈的他也挡不住我爱吃美食的心情。傣味以糯米、酸味及烘烤肉类、水产食品为主，酸酸辣辣的，非常好吃也很有当地的特色。还有很多有名的傣味饭店，让我眼花缭乱。街边很多让人吃不够的美食小吃，有柠檬凉粉、酸笋煮鱼、春干巴，都是美味可口。西双版纳的烧烤更是一绝，最有名的是金沙滩，简直就是万人烧烤啊。

我们去了热带植物园、野象谷、橄榄坝、曼听公园，沈丛一直认为我这个人精神太好，好到似乎永远都有用不完的力气，然后怎么玩都玩不累，他估计是嫉妒我。其实我是开心于此，沉浸在游玩散心上了，这会儿哪顾得上累不累的，一会儿回酒店我就会喊着腿酸脖子疼了。这是第一次和沈丛出远门旅行，以前我俩都是近区玩个一两天，现在可是大半个月的旅程，感觉好舒坦，不用想着明天就要回去，也不用觉得时间那么紧凑要赶着用，难得出来一次，有那么好的假期和那么棒的地方，整个人都开心爆了。沈丛给我选了一条长裙子，我给沈丛挑了一件花衬衫。旅途中，两个人戴着大大的帽子和黑色的装酷墨镜，喝着酸甜的饮料，哼着沈丛那首自创送我的曲子，别提有多开心了。

这世界上啊，有一个人对你好，无条件的、不求回报的其实真的并不多。我想沈丛就是一个，一路上我尽情疯，尽情玩，他都会帮我收拾烂摊子，对我照顾有加。非常感谢他，非常感谢他能陪我。有时候想到他的遭遇和经历，我就觉得非常心疼，虽然时常惹他生气还会时不时地欺负他，但是我绝对不允许任何人伤害他。相爱的人，或许会因为一些原因而走散，或许之后迷路了就消失在旅途中，也或许哪一天会再相遇，沈丛你不要弄丢我，我不要看不到你。偶尔矫情起来，总是笑笑说，人又不是神，避免不了会有一些情绪作祟的心理，我想你会懂我，我也明白你一直在这里。

感谢这次远行，感谢和你重新认识，再次相遇。如果哪一天我们迷路了，不要在原地死死守着。将来有一天，我们还是会再相遇的。

我喝过最烈的酒是你的温柔，我尝过最痛的苦是你的转身。真相虽然现实疼痛，却比谎言来得真实。

一路上有太多的风景不能尽收眼底，却能珍藏于心，那便足矣。飞舞的长头发女孩，干净的白衬衣男孩，坐在屋顶谈天的日子，窝在家里追剧的岁月，还有一起在山顶烧烤等日出的那一年，都值得我们去回忆。时光走得悄无声息，时钟嘀嗒嘀嗒地响着，仿佛在告诉你临近的预告。我们从不对彼此说一辈子只爱你一个人这种话，一辈子那么长，谁都不知道将来与谁共度下半生，且爱且珍惜。

我与沈丛同居的日子里，走过很多条胡同，轧过很多条马路，穿梭在街角巷尾，喝过最便宜的啤酒，吃过最昂贵的海鲜，穿过最廉价的衣服，也买过最奢侈的钻戒。人的一生有太多追求，也有许许多多的向往，一辈子很长要细细打算未来的每一天，一辈子也很短要珍惜在一起的每缕时光。没有能力去做一些事的时候，那就努力去过自己想要的生活，有能力去享受生活的时候也别白白浪费了。有人说女人都喜欢钻戒，是啊，闪闪发亮的东西人们都会喜欢，不说贪婪和虚荣，那只是生活中一个微小的愿望而已。有人说男人喜欢美色，也对，其实每个人都爱看美好的事物，也不是说俗气，只是一个最简单的特性罢了。我们总在追梦的岁月里疯狂奋斗，我们也总在失落哭泣的夜里需要一个温暖的拥抱。大男孩的梦里经常出现恶魔，我也经常被他惊醒，不知道因为什么，最近他开始疑神疑鬼，做什么事情都提不起精神，似乎抽了大麻一般，两眼无神，神情迷茫，时不时还叫我一声，问他什么事情，又突然鸦雀无声。

有一次吃饭他跟我说："如果我们分开你会不会恨我，会不会以后都不再见我？"我认真地点点头说了个"嗯"字。那餐饭吃得很沉默，气氛特别压抑，我也突然看不懂他，也不知道他心里在想些什么。过年的时候我回了家，沈丛说一个人去老家看看，我就答应了。两个人分开了一个月，那一个月里好像发生了许多事情。因为等我们再次见面时，他变得很陌生，好像换了一个人似的，精神也好了，也开始热情洋溢了，变回以前的沈丛了，我却开心不起来，总觉得他有什么事闷在心里。他说晚上带我去吃好吃的，他说他发现一家新开的餐厅，说那里的美食味道还挺不错。我心里想着这个大男孩什么时候会自己去找美食了，什么时候变得好像另外一个人似的，什么时候开始他仿佛在刻意假装成另一个角色在上演一场孤独剧。吃过饭后他带我去吃甜品，我最爱的那家“荔枝先生”的甜品店。那天我吃了很多，沈丛却没怎么吃。9点多一点，沈丛从口袋里掏出两张电影票，说今晚一起去看电影。我突然发现沈丛好像是变了一个人，不会现在和我约会的是什么传说中的“孪生兄弟”吧，我越来越坐立不安了。不过整场电影他都很认真地拉着我的手，全程都没有放开过一下，所以我都没有去过一次洗手间。那一天我似乎应该是开心的，但是心里却一直没有半点乐意。

他问我：“你饿不饿，要不要去吃夜宵？”

我说：“好啊。”我们来到我爱吃的蟹煲店，他点了我最爱吃的蟹煲，给我叫了一罐饮料，自己要了一瓶啤酒。我问他：“嘿，你今天怎么带我吃那么多？不是嚷着让我减肥吗？”他淡淡地说：“那是逗你的，多吃一点，过年这一会儿没见你胖还瘦了，所以带你出来吃好吃的，给你补补。”一想到这里，我的心宽慰了一些，还以为世界末日来了呢，带我去玩儿，去看电影，还来吃蟹煲。搞得像一个欢送会似的，让人不安。这样一说，我就懂了，所以话还是要说清楚问明白，不然提心吊胆的我再吃多少螃蟹也补不回来了。我们回到家里已经 12 点多了，沈丛给我放好洗澡水，让我去泡澡。

他说："玩了一天，也累了一天了好好地泡个澡。"

我说："好的！谢谢亲爱的！"接着我就又开始胡思乱想了起来，不知道过年期间他发生了什么不愉快的事情，如果突然开口问又怕毁了他的心情，所以一直压在心底迟迟没有开口。我是不是该直接问他，还是说就当作没事情发生一样。实在是无法好好享受这个牛奶浴了，冲干净身子就走出了浴室，发现沈丛坐在客厅里喝着闷酒，抽着烟，面无表情地盯着电视机。

我："你是不是有心事儿，可以告诉我吗？"

沈："过来坐这里，我想抱抱你。"

我："唉，你有不开心的就跟我说呗，别自己一个人憋在心里啊，我看着会心疼啦……"

沈："我问你，跟了我那么多年，我也没好好让你享过福，你后不后悔？"

我："不后悔！后悔什么啊，都上了贼船了要后悔现在还来得及吗？"我睁大眼睛看着沈丛，他还是一副温柔的模样，暖得治愈了所有伤痕。

沈：“我呢，一直想为你做点什么，但是好像一直都没有做得很好，怎么办呢？”

我：“已经很好了啊，你看我现在不是每天都过得很开心嘛，那是因为你，有你在身边啊，感觉一切都会好起来，而且星座书上说我这个月会走好运！”

沈丛抱着我，再也没说什么，我也不再过问什么，只觉得他受了伤一样，想要好好给他一个大大的怀抱。之后的几天，他对我特别好，特别用心，这让我反而觉得不自在，都说男人对女人无缘无故好不是出轨了就是做了亏心事。我也是越想越乱，工作的时候经常走神，最近精神不济，食欲大减，体重下降，连黑眼圈都变大了。

周末的午后，我俩都窝在家里，沈丛把画画得来的稿费交到我手里。我下一秒就见钱眼开了，一下子钻到沙发上，一边大笑一边数钱，一张一张地数着钞票。沈丛一把拉住我，我自顾自地认真看着毛爷爷，他突然认真地拽过我说：“那晚上请你吃饭，我们去约会吧。”

“你脑子没烧糊涂吧，都快老夫老妻的了，还说什么约会的，不害臊啊（哈哈哈哈哈哈哈哈哈哈哈哈哈哈哈哈哈哈哈哈哈）。”一脸淡定的我说道。

沈：“不懂浪漫的傻大妞，晚上 7 点水晶餐厅见。”

我：“好的，沈公子，小女子恭敬不如从命啦！”

他先我一步出门说办点事，7 点就在经常去的那家水晶餐厅见面。时间刚过 6 点，我洗完澡换好衣服，打扮了好一会儿忙活了一阵子，在脸上涂涂抹抹了半天，这都已经快 6 点 30 分了，我得马上出门打车。到水晶餐厅的时候大概 7 点钟，我给沈丛打了电话，他已经到了，“我出来接你，大路痴”。

我们两个人点了爱吃的食物，愉快地用了餐。那天吃饭他特别喜欢盯着我，我要是嘴角沾到了酱汁，就给我擦掉，还笑我像个大孩子一样让人操心。晚上沈丛还带我去坐了摩天轮，在很久很久以前我就很想坐一次看看，之前因为我们都很忙，后来因为搬了家离这边有点远，要不是今天我们约会也不会到这边来，因为还是有一点不太方便。今天正巧约在这里吃饭，他就带我来玩了。他买了饮料，我们坐在摩天轮里，我看着夜晚的星星，和底下渺小的高楼和车子，霓虹灯的光晕一圈接着一圈，远处还有浅浅的烟火，淡淡的人潮，还有沈丛迷离的眼神。

“看什么看，没见过漂亮的女人吗？”我傲娇地藐视着他，他竟给了我一个秒杀级的微笑。“现在我见到了。”果然，他还是从前的他，情话说得恰到好处，此时此刻不相信他是全能选手，我都觉得对不住自己的智商。

当与自己最爱的那个人一起做最喜欢最憧憬的事情真是一件美好的事情，眼前这个大我好多的男人，现在显得特别地孩子气。

“沈丛，我说你手心怎么出那么多汗，生病了啊？”

“没有啊……”

不知道为什么，沈丛一直没有说话，神情还有些惊慌不安，一个人念念叨叨的。

“那个……”

“有！”我连忙应了一声，他今天到底是怎么了。

“干吗突然有的一下？”

“这不……这不是显得我萌萌哒嘛。”

“蠢。”

“那你是怎么了啊！你倒是快说啊！”

“你别乱动……我……有点恐高……”原来如此，怪不得从刚才到现在，他一直安静得像一只猫，我还以为他是在刻意耍帅装酷。

沈丛用手指点了点我额头，断断续续说着：“我送你个礼物，你要不要？”

我说：“好啊好啊！快给我！”

沈丛他从开始就非常喜欢给我买东西，虽然听到礼物不会特别惊讶，但是每次拆礼物都像拆包裹那样兴奋激动就对了。沈丛突然单膝下跪，取出一枚戒指，闪闪发亮，我的眼睛都被钻石给吸引住了，突然回过神想起一个画面，这不是电影情节里男主角向女主角求婚的场面吗？这时我心里就开始小鹿乱撞了起来。

沈丛说：“我现在还买不起很昂贵的钻石戒指，但是我以后一定会努力让你过上幸福的日子，到时你会嫁给我吗？

嫁给我沈丛！”

“……”一时不知道如何开口说话的我，已经被感动得一塌糊涂了，我们经历过最煎熬的日子，也享受过自由自在舒服的生活，现在眼前这个男人说要我嫁给他，感觉心里的大石头放下了一样，松了长长的一口气，太过开心太过幸福了，一切来得太突然太让人不知所措了。我已经不知道该说什么，只是努力地拼命地点头答应。

沈丛也哭了，一直抱着我说以后会好好照顾我，不会让我受委屈会给我安逸的生活。这是第一次看他笑着哭，把我抱得喘不过气来。

我：“你这个坏家伙，到现在才向我求婚。”

沈：“一直不知道该如何开口，之前的我们有过很多挫折，怕你不愿意跟我。”

我：“你傻啊，不跟你我早就走了……”

在沈丛最艰难的时候跟了他，那时候我们为了柴米油盐和房租费都会吵得不可开交，幸运的是我们熬过了那段艰苦的日子，到了现在能够为自己买喜欢的东西，住舒适的房子，从以前十几平方米的出租房搬到了60平方米的一室一厅。食物吃最简单的快餐，现在能去高档餐厅吃喜欢的牛排，以前穿最廉价最简单的衣服，现在可以想买什么都有能力去买，感觉一切都熬出头了，不稳定的工作和居住环境，慢慢有了稳定的收入和可观的条件，生活也渐渐开始过得宽裕，生活过得越来越滋润。所以沈丛也更有动力开始为我们的将来奋斗，真的很开心他没有走，我也没离开。摩天轮的回忆一直感觉是最幸福的篇章，有时候感情会随着岁月淡忘，但是美丽的故事却会一直填满你的心。有人说两个人分手之后，痛苦和幸福会随着时间全部消失得一干二净，其实痛苦该忘就得忘，幸福和甜蜜能温暖你的心，不用强迫自己去忘记，偶尔想起来有点甜甜的感觉也是件好事儿。

沈丛的故事从来没有结束过，沈丛的故事仿佛一直没有开始过，我们没有因为吵架而分开，也没有因为不吵架而走散，很多东西不能说破，很多东西也不能说得太清楚。我们一直都很好，这段感情也一直都很完整，只是老天嫉妒我们，开了一个小小的玩笑。这是唯一一段不存在难过而消失的感情，也不存在背叛和分离，我们没有说再见，也来不及说再见。沈丛突然间像是变魔法似的消失在我的生命里，永远地消失了。再也看不到他勤奋工作的侧脸，也看不到他求饶的样子，也没办法和他一起照相、一起散步、一起吃饭、一起看电视、一起……做更多的事情。后来的自己整整封闭了半年的时间不与外界联系，也搬了家，换了陌生的城市去独自生活。不想与任何人告别，不想与任何朋友说再见，悄然无息地消失在这个世界上一般，就像某一天晚上的沈丛一样，突然离开我的世界一样，去了另外一个美好的梦里一样。伤心总是难免的，可是永远不走出黑暗也没有光明。一直封闭自己，哪怕再怎么逃避现实他也回不到身边，随着时间流逝，伤痕慢慢痊愈了，心里的疤却永远都消退不了。

时常喝着酒抽着烟，然后一个人偷偷掉眼泪。有没有记得曾经还有沈丛这么个人，这么一个爱画画、爱唱歌，那么爱我的人。他的离开带来太多突如其来的痛苦，他的离开也让我慢慢变得坚强起来，以为最不会离开自己的人却在一夜之间消失了，不见了，这种打击真的是无法接受，也不能接受。有很多朋友打电话来，安慰的短信似乎都安抚不了自己。当时的自己只会逃避，当时的自己也只想逃离那个城市，一起生活了三年多的城市里，不带走一点牵挂，不带走一丝回忆。明明自己是最清楚那个家伙，清楚地知道他不在，却总是念叨着他有一天会回来。有人说死去的人会化作天使陪伴爱人，我一直这样以为。那会儿只要吃饭了，我都会放两双碗筷，倒两杯满满的酒，那时候的自己都害怕自己，一直以为他还在身边，半夜惊醒哭个不停，再也没有人拍拍我的背，摸摸我的头发说："别怕，有我在。"那场车祸，仿佛带走了所有的幸福和回忆，然后与这个世界背道而驰，不再相会。熬过了最痛苦的日子，慢慢认清了现实，也终于相信他是真的不在了，不会回来了，就发现自己不应该再继续颓废下去，觉得自己应该振作起来，可是好像无法再真正爱上谁，那时候也不想再爱上谁。

朋友说："都会过去的。"我想过去是不是意味着忘记这段回忆，然后开始新的生活。如果是这样，我想还是不要让它过去，我想还是不要让它消失。

人就是很奇怪的生物，不愿意相信的事实其实就是真的，不愿意去想象的未来其实自己明明是最清楚的，所有不敢想的事情基本都是会发生的。很久之前，连听到沈丛这两个字都还受不了，连看到与他相似的人都不敢接触，只要有关于他的一丝一毫的信息都不想去靠近去幻想，怕自己一发不可收拾。谁说失恋最痛苦，没有说分手的消失才是最令人伤心的。你或许不会去买他爱喝的饮料，不会去看他最喜欢的电视剧，也从不穿他最爱的那条裙子，一切旧回忆一直被收拾得好好的，就怕哪一天突然显现，会无法接受，会无法抵挡。后来我发现时间真的是良药，它会慢慢抚平伤痕，会渐渐忘记疼痛，会让红肿的双眼变得明亮起来，事实如此，已经慢慢接受并与之抗衡。

沈丛，一个会照顾人的大男孩，懂得温柔地陪伴，会在夜里抱紧做噩梦的我跟我说“别怕，有我在”。会在寒冷的冬天里将我的手紧紧牵住，也会帮我拿够不到的书本，会做饭，会弹吉他，会画画，还写过一首歌送给我。

身边的朋友都说我念旧，也许是因为这段回忆太过美好，消失得太突然才会不知所措，现在说起来沈丛这个名字，突然多了一点安慰，而不是抗拒。其实已经把沈丛当成一个不存在的美好的梦，梦境过后，还是得清醒地面对明天。留下来的东西不肯扔掉不是因为还喜欢他，觉得还要留着是因为那是属于我生活的一部分。每个人都有自己的私人空间也有自己的回忆和梦境，走不出过去，就到不了未来的道理我比任何人都清楚。曾经的我们说过：如果一路上风风雨雨，如果生命一直兜兜转转，只要最后还是你就好。但是曾经的我们还说过：如果要分离，请忘记彼此之后好好把自己交给下一个爱人，一定要好好生活。是啊，一定要好好忘记之后交给对方，那样是对彼此的尊重，也是对那份重新开始的爱情一个最漂亮的印记。心里真正忘记比那些留下的东西更加重要，而回忆只是放进收纳盒，作为一个保存，作为一个纪念。每个人都是自私的，而每个人都不希望对方是自私的。没有后悔爱过谁，也没有后悔与谁分开，懂得生活的原理，接受现实的洗礼，改变一切的永远都是自己，而非旁人。要么带着过去消失在人海里，要么抛开回忆与现在拥抱，不能两全的就选择靠近未来的。

GUSHAN
鼓山图书出品